冰心散文奖
获奖作家散文自选集

谁把春天吵醒了

章学锋　著

组　　稿：中国散文学会
总主编：周　明　红　孩
执行主编：凌　翔

中国经济出版社
CHINA ECONOMIC PUBLISHING HOUSE
·北京·

图书在版编目（CIP）数据

谁把春天吵醒了 / 章学锋著.
—北京：中国经济出版社，2020.4
（“冰心散文奖”获奖作家散文自选集 / 周明，红孩，凌翔主编）
ISBN 978-7-5136-5637-5

Ⅰ. ①谁… Ⅱ. ①章… Ⅲ. ①散文集—中国—当代 Ⅳ. ① I267

中国版本图书馆 CIP 数据核字（2019）第 070074 号

策划编辑　崔姜薇
责任编辑　焦晓云
责任印制　马小宾
封面设计　陈　姝
封面插图　阿　秋

出版发行　中国经济出版社
印 刷 者　唐山楠萍印务有限公司
经 销 者　各地新华书店
开　　本　710mm × 1000mm　1/16
印　　张　13
字　　数　168 千字
版　　次　2020 年 4 月第 1 版
印　　次　2020 年 4 月第 1 次
定　　价　49.80 元
广告经营许可证　京西工商广字第 8179 号

中国经济出版社　**网址** www. economyph. com　**社址** 北京市东城区安定门外大街 58 号　**邮编** 100011
本版图书如存在印装质量问题，请与本社发行中心联系调换（联系电话：010-57512564）

目 录

第一辑　青葱片羽

第二辑　岁月微光

第三辑　天地大美

第四辑　如是我言

第一辑　青葱片羽

十四岁的阅读

小蒋走进二矿邮电所营业室，是在一个深秋的清晨。

那天下午，母亲领我去给外婆邮冬用的衣物。老蒋伯伯见了，笑着介绍："他姨，我退休了，儿子接班了，今儿个头一天上班。"老蒋伯伯扭头扯了下正对着邮戳章子发呆的小蒋，说："叫姨，爸的老熟人，今后有啥难肠事了，就去找你姨。"母亲忙吩咐我："他是你哥，快叫！"十三岁的我踮着脚尖，朝着柜台里用力地叫了声："哥哥好！"眯着眼睛，老蒋伯伯笑问："这孩子，咋叫得这么使劲？"

老蒋伯伯他不知道，十三岁的我，很向往当邮递员，天天都能有那么多的报纸、杂志从手下过，想看谁就看谁，不仅能学到最新的知识，还不用花大人的一分钱。蒋伯伯他还不知道，十三岁的我，已不再满足看小人书了，我开始课余在纸上写长长短短的诗，而且有好几首还发表了。当然，这是我的秘密，我要保守这个秘密，打死也不能说。

再见小蒋哥，是一个飘雪的午后。我去拿取款单，见我来了，他起身把腰向柜台外伸了下，笑着说："前天分单子，见着兄弟的稿费单，我这当哥的，真为你高兴！”我与他只见过一面，他却能在数月后一眼认出我来，记忆力之好，着实让我佩服。这时，我见营业室里几个寄信的、填汇单的大人都停止了手中的动作，用有些狐疑的眼神看起我来。猛地一下，我感到害羞，感到有些怪，有些嫌他太热情了。办完手续后，他从一沓钱中细心地挑了张新的大团结，正要递给我，又缩回去，将钱放在桌子上，把一个有些卷的角拉了拉，又用力地压了压，然后才放心地交给我：“记着哥的话，一定好好写，长大后去弄大事。”

翻过冬天就是春天。那年春天，小蒋哥到我家来过几次，每次都笑着向父母夸我：“叔、姨，我看弟弟是块好料，一定要好好培养！”也许是他老说我好话，满足了一个少年小小的虚荣心吧，一来二往，我和他便熟得热乎了。一次，我把那想当邮递员的想法告诉了他。没想到，爱笑的他顿时严肃起来，很认真地告诫我：“假如时间能倒退，我愿和你换换，你替我去上班，我替你去上课。”完了，还叹口气，“我上学时，把那么好的时光都糟蹋了，现在干不成别的了，只能接班。”

夏日的一天，我在街上遇见了小蒋哥。他不顾身旁疾驰的拉煤车，一把拉住我，高兴地说：“有个事要和你说，今后，你可以去看免费的报纸、杂志了。”在他眉飞色舞的叙述中，我才搞明白事情的原委：那年的信报太多，邮局人手不够，想招人又没经费，小蒋哥就在会上提议可以让知根知底的人来当义工，邮电所几个人合计来合计去，觉得这办法可行。于是，他就提议让我在学习之余的周末来帮忙，条件是我可以免费看新来的报纸和杂志。太好了，这真是一个好消息！我欢喜得像得了什么奖似的，紧握住他的手摇了又摇。“记着，有两条不能碰的高压线：一是不能把报刊带走；二是坚决不能弄乱、弄脏。”我至今仍记着，他当时说“高压线”三个字时很用力很用力。

那年的暑假，真是一个快乐的暑假，我不仅走进了营业室的大门，还走进了神秘的分发室。更重要的是，我能每天从报纸和杂志上读到最新的知识。我至今仍清晰地记着，有几次我读到好文章就推荐给他，而他在读到其他的好文章后也介绍给我，这样，一个人的快乐就成了两个人共同的快乐。在那段时间里，我不仅读了《人民日报》《光明日报》《文汇报》《陕西日报》等报纸上刊发的大量作品，还领略到了《人民文学》《散文》《小说选刊》等文学杂志的魅力。一次看完报纸，他正告我："别学你哥。好好学习，好好写，有了好工作，想看啥报纸啥杂志都能买得到，还可以买一房子的世界名著来读。"

不久后，有一大段时间，我很苦闷：自己所写的东西咋样寄出，过些天又原样寄回来了，忙碌的编辑吝啬得连句意见都顾不上写。这严重打击了一个少年的自信。不忍见我沉沦下去，小蒋哥就劝我："好兄弟嘞，你看世上哪有直的道，可谁又因为路是弯的，就歇下来而不去走路呢？你才十几岁就发表了十几篇文章，只要你坚持住，没准将来还能到报社去端个写东西的饭碗呢……"在他苦口婆心的反复劝说下，我心里落下的潮水又涨了起来。

后来，我考上县城高中。再后来，我考上了大学。大学毕业后，我到省城谋生，并托小蒋哥吉言到了报社工作。遗憾的是，我再也没见过我那爱笑的小蒋哥了。

树上的叶黄了又绿了，屋檐下的冰挂融了又结了，二十多年的时光很快就过去了。我断断续续从母亲口中知道了小蒋哥的消息：你小蒋哥结婚了，去的人可多了；你小蒋哥他们单位分家了，他分到邮政上，管的还是汇款；你小蒋哥当爸了，还给咱家送红鸡蛋了；我眼睛花了，每次寄包裹都是你小蒋哥给填的单子；你小蒋哥提干了，当了所长了；矿上要政策性破产了，邮局要撤了，你小蒋哥调到王庄了……

我的一本小书获得了冰心散文奖理论奖。去北海参加颁奖礼时，有记者问我：能把散文研究出成果来，你小时候一定读过很多名著吧？我笑着答：我最初的阅读是从十四岁开始的，是在邮局完成的。当时我读的不是名著，而是最新的报纸和杂志。那一刻，我知道，其实这个奖，一多半都应归小蒋哥。那一刻，我仿佛又看见了穿着邮政绿的小蒋哥，和我结束分发后我们一起读报的温暖时光。那一刻，我真想立即见到他，再朝他用力地叫一声：“小蒋哥好！”

需要补充的是，小蒋哥的大名叫蒋东红。

小记者记事

十五岁时，我被兰州《中学生导报》聘为小记者，接过蓝色的采访证时，我的心也是一片蔚蓝，仿佛看见自己成了一名优秀的记者，用手中的笔抒写着生活的真善美和假恶丑……

欣喜之余，我开始向同学、朋友借阅有关新闻采访、写作的专业书。在自己还没有掌握专业知识之前，绝不暴露身份，绝不给报社丢人，我暗下决心。

“一定要成为一名优秀的记者”，在这种精神的鼓舞之下，我津津有味地啃起那些别人看来枯燥透顶的工具书。我抓紧一切时间认真研读着，有一次课间，竟因为看得太投入而没听见上课铃响。要不是同桌说老师早对我“虎视眈眈”了，我是一定要弄明白“金字塔”与“倒金字塔”孰优孰劣的。

整个冬天，我利用课余时间阅读了十几本新闻采访、写作方面的专业书。我对采访不再是一头雾水，有种说不出的气流开始在我体内回荡，促使我异常冷静地开始着手准备初次采访。

深思熟虑之后，我决定去采写一篇关于中学生过节互赠有奖明信片的报道。我甚至梦想着这篇处女作刊发于头版头条，引起了轰动。

临近邮局时，我又默背了一遍采访提纲，然后鼓足勇气走到贺卡专卖窗口。我声音发颤地问：“阿姨，不，同志，这明信片有学生买吗？”很流畅的一句话，我却觉着别扭极了。

“有。”回答干脆利落。

“您知道每天大约有多少中学生来买吗？”

“谁统计那呀，唉，你问这问那的，到底买还是不买？”女营业员一句极正常的话，却问得我瞠目结舌，慌里慌张夺路便跑。跑了好一段路，我才冷静下来，做记者应该胆大心细，遇事不慌的。今后采访一定不能慌，否则采访只会失败。我边走边总结教训。

后来，我的几篇特写在报上发表了，寂静的校园一下子沸腾了，学校里风传着学校里有个学生是小记者，如何如何。话传开了，麻烦事也来了——

这不，文学社的弟兄们热情地邀我讲经验，在他们眼里，我已成了一名久经沙场提笔成篇的“老记”了。一见躲不过，我忙应付说：“等有机会咱哥们私下交流吧。”“不行，不行，我们准备好了，社员们正等着呢！”文学社副社长，一个扎羊角辫的女孩抢着说。

于是，我在他们一群人的连推带拥之下走进活动室，望着一双双黑乎乎的眼睛，我一下子又慌了，忙说：“下次吧，这次没准备，讲不好了对不起大家的。”

一个虎头虎脑的高一男生激动得站了起来，响亮地说：“大家信不信他的话？我们今天请他讲讲经验，好不好？”

“好！”接着是雷鸣般的掌声。盛情难却，我只好王婆卖瓜——自卖自夸了。我搔搔头，镇定了一下，开始给他们讲写通讯的一些常识，并结合自己的实际劝告他们如何才能少走弯路。

没想到，那次“讲话”居然引起巨大反响。同学们都说“绝了，看不出来你小子还有那么一张嘴哦”。于是，几个“笔杆子”便四处游说，推举我为文学社社长兼主编。我可不愿让弟兄们瞎哄上一年而无所成的，假日里我带领他们深入厂矿企业、闹市乡村去了解第一手资料，向广大父老乡亲学习，采写了大量有一定水准的稿件，同时大大丰富了同学们的视野。那一年，我们文学社在各级报刊、电台发稿百余篇，还有两篇获了奖。为此，学校党政工团一致推选我为该年度地区优秀学生干部。

如今升入高三，紧张的学习使人顾不过来文学社的工作了。我只好向校长递辞职报告。校长看后，连口说：“这么快你就念到高三了，太遗憾了，太遗憾了……”无官一身轻，现在我已暂停写作，我要集中精力抓学习，以便将来能在象牙塔内去深造，并力争日后成为一名人民的好记者。

真的，不信你就等着听好信儿吧！

暗夜呓语

总是喜欢在黑夜里悠悠地思考，又总是惧怕黑夜的来临，因为它预示着一天的终结，而我又在这一天里干了些什么呢?

一年年的岁月很漫长，一天天的日子很短暂；一年年增长的是年龄，一天天削减的是少年的浮躁。

小时候什么也不懂，却自以为是想成就不平凡的人生，到现在才明白，生活绝非一首歌那样甜美流畅，自己其实什么也不是，只能默默地努力，默默地积攒力量。

从不崇拜什么却一直虔诚地在半页稿笺上编织着美丽的梦想，虽然现实不是梦想。

常被别人指点、谈论，可从未真正地拿出勇气来剖析自我，便只好在苦难中前进，在摸索中攀登。

常被一些人微笑赞许，也常被一些人恨之入骨，只能该做什么便做什么，老老实实地过自己的日子。被所有的人微笑赞许，那是在演戏；被所有的人恨之入骨，那是在犯罪。

和许多同龄人一样，忧伤时也想痛哭流涕、大喊大叫，高兴时也想唱几句跑调的歌且自我感觉良好。在自己的小圈子里真实地生存，就如风云变幻的天气。

不喜欢考试，因为自己总是考臭；喜欢考试后的总结，那使人看清差距，学会认真对待客观事物。极佩服学习刻苦用功的同学，却总也学不会别人的刻苦用功。刻苦用功十天半个月谁都可以做到，难的是一辈子刻苦用功。

喜欢一个人默默地读书，读书使人开化，但死读书则会使人愚钝，所以，既要读圣贤的书，也要读山水的书，做个天地书生。

从不盲目追赶浪潮风头，喜欢不被同化的真实。活人是给自己活的，管别人怎么说呢。

爱过别人也恨过别人，别人一样恨过我也爱过我，总算明白了人的感情是偷不来抢不去的。

常为生活中的一些花絮所激动，激动得头脑发热忘乎所以，可三分之一秒后还是回到了清醒的现实。不敢过于兴奋，过于兴奋会使人发狂；不能过度悲哀，过度悲哀会叫人发疯。

活了这么多年，才发觉人是不可能不自以为是的，不可能不忧伤兴奋的，不可能不为人所爱所恨的，不可能不激动的。生活就是这么一个杂乱的调色板，它不停地在旋转，所以你无法说清楚自己是什么色彩的。

然而，理想却如月亮一样高悬在精神的家园之上。即便现实使人面目全非也要拼命地去追求，越是困难，越要努力，越是吃力，越要尽力，因为理想的月亮在精神家园上空一直朗照着。

不识愁滋味

粉红色的歌谣

这些美丽得叫人心醉的粉红色的歌谣，低吟在初冬的夜半时分。这些粉红色的歌谣，粉红色的绽放的花朵，在天空上面，在无垠的大地上慢慢浪游。

我立于初冬夜半的田野中聆听，立于月亮巨大的荫护之下。田野一片穆然，庄稼和村落睡熟了。只有我一个人，在听。我不敢去睡，用劲地驱赶着睡意。

粉红色的歌谣，从遥远的空间传来，隐隐的。我循声而动，企盼找到它的源所。粉红色的歌谣低吟着，像一脉细细的暖流，一点点地注入我的肌体。这种感觉使我想起了母亲温暖的怀抱。

我聆听着，感受着爱的气息……我感到一种明丽的流动体浸入我的心田。哦，谁能告诉我，这是什么？我不禁问自己。那是寻访已久的童年吗？粉红色的，饱含人间真爱的歌谣。

没有人回答我。我隐隐地听见炽热的血在血管中咆哮。

给我一个眼神

生活不是诗。当许许多多的挫败像沉沉的山一样向我压来的时候，我不企盼佛的法力去开脱，我只企盼你——我的朋友——给我一个眼神。要明白，你的眼神在我心里比佛还法力无边，它会给我自信，给我力量。

生活不是歌。当许许多多的困惑像阴阴的天一样把我晴朗的心空罩没时，我不希望有光的照耀，我只企盼你——我的朋友——给我一个眼神。要知道，你的眼神在我心里比光还光芒四射，它能催我进取，催我努力。

生活不是画。当许许多多的不如意像秋风扫落叶一样冷落我执着纯真的热情时，我不希望春天的到来，我只企盼你——我的朋友——给我一个眼神。要清楚，你的眼神在我心里比春天还令人神往，教我坚强，教我刚毅。

我的朋友，给我一个眼神吧。在我孤立无助的时候，在我心灰意冷的时候，在我欢呼成功的时候。我会从你的眼神中读出希望，读出真诚，读出友情的，我的朋友。

今夜，窗外落雨

今夜，窗外落雨。

雨气漫满我的蜗室，潮潮的，我的眼睑也潮潮的。最初的兴奋早已消逝，而苦候的孤寂却伏在心里，根茎交错疯长一地，几乎令我的心儿窒息。

雨水涌向檐头，垂成长长的幽叹，那嘀嘀嗒嗒的击地声多么像你高跟鞋叩击石径的声音。

那天清晨，你在布置好我这蜗室后说你今夜要来。我的心狂热不定，在今夜手执玫瑰等待你的出现。时针终将我的希冀带得愈来愈远，玫瑰也垂下艳丽的脸庞，她累了。

我立于窗前，不见你的出现，只见窗外落雨。

岁月悠悠

夜色如墨。

苍老的风景在我眼前痛苦地轮回交织。

逝去的日子流远了，风刮跑了那些温馨。

世界也狂躁不安地旋转起来，半行泪痕印记残缺的苦歌。

是谁凄凉的箫声悠扬婉转，感人不尽。日子周而复始，岁月悠悠。青春的影子跌入那红葡萄酒里游弋，无尽的思绪使海泛起了阵阵涟漪和骚乱。月色早就斑驳，童年时折叠的纸船儿还在企盼远航。记忆轻摇着蓝色船桨，往事涌动如水。时间的瀑布从天空倾泻在梦的旷野。秋风瑟晦，苦雨忧郁。血，在年轻的心灵里涌聚。

思想的精灵跳上海岸远行了。

刹那间，一个世纪过去了。

……岁月悠悠……

翻过季节的斜坡，我如洗礼的教徒，唱你。

心灵的私语

寂寞的季节，生命的枝头也结了几枚青涩的苦果，孤独总围在身边打着响亮的口哨，如风一样悄然而来。

静立在地平线上，梦野中有理想的天空。悄然问天空，此刻会有一扇小窗向我敞开吗？那伞还会在小雨中为我支撑一片芬芳吗？

潮湿而宁静的空气中有种温暖开始停留。

最真诚的祝福距我很遥远，却感觉近在咫尺，感觉有时是梦幻。所有的解释都无用，都是徒劳。怎么也读不懂，青春怎么会有这么多的不如意……

没有风，我低头沉思，一副哲人的模样。阳光倏地撒满了心空，有一只洁白的鸽儿在低旋。

寂寞无语，把大脑探向空中，走出自己设置的美丽困惑。

哦，亲爱的朋友，请别再为我担忧。我会义无反顾潇洒地步入真实的明天。尽管暖阳依旧歌唱，尽管小雨依旧来自前方。

信任

信任是心灵的一缕阳光。像夜的眼，期盼天亮，像病的身，渴望健康。因为信任，心灵与心灵之间便互通无阻，如飞瀑的溅响与群峰的呼应，在共同频率下默契地共振。

信任需要以诚相待。像广阔无垠的大地对更为广阔的蓝天，坦荡荡地裸露胸怀。故而地上的水升成了天上的云，天上的云又落雨成为地上的水。信任就是这样无私无藏地交流与融洽着。

信任需要用热情浇灌。像喷涌而出的朝阳，向冷的空气吐泻满腔火热的激情与炽爱。所以，世上也就有了春种的忙碌、秋收的喜悦，有了人类的世代繁衍。

信任就是你坎坷人生旅途中的那一根拐杖，信任就是你黑黑长夜里亮着的那一盏灯；信任就是人与人交往中相依相伴、痴心不改的心侣；

信任就是心甘情愿地奉献自己，索取黑暗与苦难，把光明与幸福捐于这个世界。

信任是心灵的一缕阳光，在心的空际间洞穿了冷漠、消融了冰霜，让人类命运的交响曲永远激荡着友情的温暖、亲情的恩泽、爱情的甜美。

青春的自白

春光明媚。所有的花木都竞相开放，融融的春阳孕育成一种清新的空气。

所有的情绪都已经写好，呆呆地望着一大片山绿，撕碎片片情笺，任它弥漫天空。泪流满面，顺沿一条曲折真实的轨迹，让心之小窗永远明澈如镜。

意念之中想起一棵古树，抑或常青藤。任悒悒的心绪在你走远的日子里滋长。不管天地有多遥远，都要去寻觅那枚永远辉煌的太阳。

呵，太阳。想起太阳的冉冉上升，我又不由地流泪了。太阳，永不老去的风景。太阳，向往已久的圣地。

蓦然回首的刹那，终于弄明白自己费解的心音。从你远去的眼神里，我读到春日苦涩的主题。弄不清楚为什么天和地总是那么遥远，为什么太阳永远那么孤独……恍然顿悟，一切都是为了一个永恒而真切的主题，为了一个企盼的升腾。

总是在抱怨青春变奏，温馨无章，孤独无季，却原来，一切都是为了一个梦之向往。

回望一个个破碎的梦，终于又鼓足勇气投入孤独之旅。明天，将是一个彩色的世界。

男孩

男孩总是在失败之后唱《水手》，说我们的歌声和女孩的成绩一样甜美；男孩总说，昨天那场球赛踢得太有水平了，只可惜中国队没有参加，否则一定会“盖了帽”的。

劳动时，男孩都是一马当先冲锋陷阵，为女孩开辟一条希望之路，回头却唱“妹妹你坐船头，哥哥我岸上走”；男孩总是尽心尽力，发扬“一不怕死，二不怕累”的战斗精神，圆满地定成任务，可对女孩的夸奖却说“毛毛雨”。

男孩在课余讨论老师上课讲错了一个细节，“咱们告诉老师吧”；男孩热火朝天地谈论对书本知识的理解，不吭不哈地回家搞自己的小小实验模型，给女孩一个惊奇！

男孩沉思起来想人生想出路；男孩的日记里也有许多的含羞草和粉红色的回忆；男孩的诗文中也有阳光明媚和狂风怒号；男孩在不断摔打中走向成熟。

男孩不管别人怎么过，自己照旧过自己的日子；男孩只承认自己是早晨八九点钟的太阳，充满希望，充满活力。

夏夜乡思

夏。黄昏时分的夕阳，是季节女神馈赠给人们的礼品吗？

走在弯弯浅浅的山径上，有细细甜甜的凉风吹散暑热，让人一下子想起江南那个小山村，哦，我的故乡。隐约间，我又听见故乡那悠扬的箫声，听见那古老的唤归声："舟子呀子咿，回家喽；舟子呀子咿，回家喽……"

在这夏夜，让我心灵永远震颤的是你那如磐般远望的身姿，已记不清这是第多少次立在树下盼归了。你望透了夕阳望透了山岳望透了流水，望眼欲穿，只是望不见在外漂泊儿女回家的身影。你这殷切万分的姿态，已随故乡夜晚窗棂上的微烛，随着故乡那青青的山、长长的水，一同流进游子的记忆中，一千年一万年永不忘记。

在这夏夜，我仿佛又听见你晨曦中的响鞭，看见你弯腰插秧的身影。你把日子的艰辛和苦涩，都煎熬成一支古老的歌谣，和着希望，和着土地结出的那片金黄的庄稼，你端起大碗饮尽自家的庆丰酒，呼出的酒气便成为村落人家一缕长长的炊烟。于是，你的子孙便诞生了，他们延续着你的勤劳和善良，顺沿一种精神脉流代代延续下去。

在我一天天长高长大的同时，我却惊奇地发觉你变矮变小了。你给予我的太多太多，我欠你的太深太深。你给予我的是青春和生命，我欠你的是这一生也偿还不了的。

不觉中，眼眶充满了浓浓的乡思，一颗清泪滑下，渗进嘴角好咸好涩。风儿在轻轻地呼唤着，银色的风融在了这一片宁静的山野之中，四周的静谧愈发叫人体悟出生命的释然来。

在这夏夜，我仿佛看见了故乡的小河，流水长长的，里面撒满了希望。此时，故乡的月亮该爬上后山了吧，月光也该织成张笼罩河流、田野的网了吧。恍然间，月亮给风也涂上了银亮的颜色，河边的青蛙开始把水搅得哗哗作响，昆虫的伴奏声也在这一刻迸发出来，如初潮缓涌，继而又似波浪汹涌，此起彼伏，响成一片。畅想在月色清新、绿叶清新、田野清新、水气清新的江南夏夜中漫步，一首声情并茂、可吟可唱的田园诗总会溢上心头。天醉了，地醉了，人也醉了，醉在这江南美好的夏夜里。

恍恍惚惚地，自己不见了，是不是幻化成青青的一棵草，幻化成闪闪的一颗星，幻化成软软的一缕风……嘹亮的虫鸣声和着静谧的空气颤动起来，纸剪的月亮把山野的夜洗得更纯洁。在这夏夜，是什么使我如此的不宁？我又成了什么？天不言，地不语，没有人告诉我答案。

流浪的风静止了，凝固成一道碑文，凝固成一泓清泉。于是，外出的游子即使走得再远，也总是走不出故乡山野七拐八弯的田间幽径。莫非那些小径原本就是一张网，从小就牢牢地罩在游子的心上，是要陪着游子走完一生的？

月光透过疏密相间的枝叶，把光和影细碎地撒了一地。温馨的月色让人又念起故乡后山上的茶树来。我不知道，此时后山上的茶尖是否摘过了，早茶是否焙成了；我亦不知道，这乡思是不是一片泡在时间杯子里的绿茶，走得愈远便开得愈大，走得愈久味道愈浓郁。

不知从什么时候开始，我的眼睑里盛满了一湖淡蓝色的乡思。是谁在细风中将游子的心铃摇响？是谁悠远的箫声在扑扇游子记忆的花朵？……

乡思如黑蝙蝠，挂满游子的夜。

一个火种像流星般划破异乡的天空，我敞开每一个赤诚的毛孔倾听故乡风的细语。

我不知道，在风满楼的时候，你是否收到远方游子这颗被星星盖满邮戳的心哪！

……人生易老，光阴难逆……

站在他乡的土地上，我思绪万千，遐想着你赋予我的万缕柔情。我要燃烧我的青春，我要灿烂我的生命，我要把这高原白杨树向上的精神带给你江南的花期，我要和你亿万儿女把一个古老的民族托起在东方的朝阳中……

即使我不能，我也要像小草一样，默默地为这无限美好的世界再添一份绿意。

难产的诗人

国庆长假，我回家小住。刚下车，还未踏进家门，邻居马大婶就一把拉住我，连声说："大作家，可把你等回来了，这下好了，我们小明有救了。"我被吓了一跳，忙问咋回事。

马大婶这才松开手，解释说，他们家小明上初一了，老师布置的假期作业是一人写一首诗。结果，假都放了好几天了，小明一个字也没写出来，压根就不知道诗该怎么写。

我放下行李，便去找小明。隔着窗子见小明正踱来踱去，口里念念有词地扮着诗人的样子。

马大婶着急地说，都好几天了，把孙子急得不行，可就是写不出来。我想：这老师也怪，诗岂是能随便写好的？但转念一想，或许是人家老师在进行素质测试，没准在选拔人才哩。

突然，小明在房内大叫道："诗这鬼东西该咋写呀？！完了，我写不出诗来，收假后同学们都交作业，我完成不了作业了。"听得出，他的声音中夹着明显的哭腔。

我推门进去，企图安慰这未来的诗人："写不出来就别急着写，凡事总得有个过程。"

"我真笨，人家李白诗如泉涌，我好几天也没写出一个字来……"

他说着突然中止了，继续陷入苦思冥想中，一会儿踢踢脸盆，一会儿敲敲桌角，一会儿摩拳擦掌，一会儿愁眉苦脸，搞得别人跟着一阵一阵地紧张。

我想，小明若再写不出诗，马大婶就非得急上火不可。

过了半个小时，小明没有写出诗；又过了两个小时，小明还是没有写出诗……

接近夜里十一点时，小明一下跳了起来，锐声叫道："有了，有了！我想出来了，我会写诗了！我真是个大天才！"

待他在桌前平静地写完诗之后，我看他的诗是这样写的：

啊——
黄河　母亲的河
啊——
长城　父亲的牙
……

我问他："老师让写几首诗？"

"一首。"

"谢天谢地，不然奶奶我非住院不可。"我还没来得及答，马大婶竟接上了话，"小明，下回写诗可提前告诉奶奶一声，让我多买几粒救心丸。"

我想去长征

我不止一次地诅咒命运的不公，抱怨它老把痛苦抛给我；我不止一次让自己陷入悲伤的境地，因为生活中总有不幸悄悄走近；我不止一次害怕厄运的到来，害怕自己无法战胜它反被俘虏了……

每当这些苦难多得不能忍受时，我便走到空旷的广场，任四周墨色的夜团团包围住我，一个人忧伤地听天籁看星子，思考着幽暗莫测的人生。也只有这样月明风清的静夜，捆绑已久的心灵才会自行松绑，才有机会和散发着迷人光芒的北斗星直抒胸臆。

这样的时候，我掐灭燃烧得发红的烟蒂，一下子立起身，想对着光芒的北斗说：我想去长征。是的，我想去长征。有这念头后，我浑身上下一阵轻松，充满了力量和精神。我想去长征，这绝非一时冲动，而是许久以来深藏在心底的一个愿望。正如深埋地下的煤，一旦看见火光，就会燃烧出红色的火焰。

我想去长征，因为我的生活中缺乏置之死地而后生的激情，因为我年轻的心灵经不住风雨的摔打。我愿以朝圣者的虔诚，擎起赤诚跳动的心，用青春的勇气压倒前进路上的邪恶。

长征的伟大力量，在我心中发挥着神奇的作用。

代表忧愁、烦躁和孤独的是漫漫的羊肠山路，是无人烟的大雪山，是布满泥沼的大草地，是裹着死亡阴影的魔怪。黑暗想让我屈服，让我摔倒在地甘受其摆布。黑暗阴险地回报人的善良，想让人遭难。

我忍受，我沉默，带着必胜的信念穿越黑暗。

我想去长征。

长征，像北斗一样照亮我的胸膛；长征，像北斗一样指导行者。看着天上的北斗，心里呼唤着长征。长征，我思想上空的北斗。你生于困难，困难炼就了你的意志。你长于黑暗，黑暗淬成了你的金身。你照亮新生和永恒不变的信仰，我崇尚你智慧的光芒，更希望能将你的光芒传入我的体内，使我也因此而变得纯粹和坚强。

我看着天上的北斗，心里呼唤着长征。长征，不是生活的庇护神。只有经历过长征的人才会明白，自己的额颅和脚板是最可以信赖的朋友。额颅会告诉你下一步该怎么走，脚板则会把想法变成现实。

我把长征装入胸腔，用焚烧的血来使我的北斗淬火成真。我想用六月雨、用腊天雪、用寒江水、用西北风、用长征中的一切苦难来引导自己的人性走向崇高，走向艰苦奋斗的真实。我想面对五岭、面对晶雪、面对吼涛、面对草地上那神圣得无与伦比的朝阳，握紧右拳，缓缓地让它定格在额前，庄严而自豪地宣誓。

请不要把我笑话。

请不要把我诘问。

如若你碰见了这样的人，长征的北斗在他心底生光，请不要打听他的姓名，请相信他纯洁的思想在等待长征的革命之光幻化为北斗的光芒，指导他一步步地用自己的脚板，走向无法言语的万丈光明之中。

夜听

许久以来，我总喜欢一个人夜静时独步户外，在大自然的怀抱里听夜的声音。白日的喧闹褪去后，留下的就是沉默的景物了。其实，它们也自有言语，只可惜我天生性愚，无法获知。信步幽雅、清净的佳处，满身满心满目满耳都充盈着无以言状的快活。

在几颗星子的映射下，秋夜愈发显得天地广阔、空气清爽了。其间，有微微的清风悄然来去，不必去看，仅用耳用心去听就足矣。听，清冷冷的风掠过树梢、穿越果园，正悄然走来。田园寂然，唯风在演奏自然的小夜曲，如山涧清泉细唱，似琴韵低沉缓歌。风儿若有脚的话，那我一定拉住紧握在掌心，问它炎夏里去何处休闲了。风不语，只是唱，如流浪的行吟诗人。

偶尔，有未入眠的鸟儿啁啾一两声随风入耳，沉睡的大自然便活了。虽看不见鸟在何方，但我感念这鸟鸣在刹那间带给我的神思，早年看电视里艺术化了的牡丹瓣瓣向阳而绽的镜头又在眼前鲜活生动开来。可以想象，弱小的鸟儿在清凉的秋夜里奋力滑翔时的努力，所以我更感谢这莫名的鸟儿所带来的快乐。现在，越来越多的鸟儿不见了，能幽雅地听鸟鸣的机会日渐稀少。也许，这是一种文明的遗憾！

淅沥而缠绕的秋雨是这个时节的专利，细雨轻划过夜的唱盘，便有梧桐肥大的叶片空空散着雅韵。我也说不清为什么，有雨的时候就分外地思念故乡，我的那个多雨的雁荡山。莫非，我就是大地云水苍茫的雁荡山间的一滴雨珠儿？细长的秋雨把人的思绪也拉得悠长，听雨听的不是雨，而是我故乡雁荡的心跳哟。

最妙也最无法细说的是听天籁。独立窗前、树下，置身于安详和宁静中，什么都想什么都不想，单凭两耳就可听得满心宁静。隐隐约约之间，有虫语，有风声，有莫名的音儿在轰鸣。天籁，该是天地精灵上天使者吧，要不我怎么老是在听天籁时，听着听着，就听到天人合一去了呢？

环视四野，静夜无语，不觉思悟：人与自然本来就是一个血肉相依的和谐体，人们热爱、开发大自然，大自然又回赐给人美妙的音响，这样相依生存，多么美好。我从夜听中感应到了白日所无法感应的，并学会珍惜和热爱平淡的生活。

读山

日升东窗，月落西厢。日子不是从一个模子里倒出来的，所以生活中难免有诸多的磨难和失意。既想把日子过得像个样儿，又要承受必须承受的忧患，个中情绪恐怕是不会如夏夜喝啤酒般潇洒的吧。

心绪不佳时，我总去读山。第六感觉告诉我：山有种不能言表的能耐，它可以叫人在沉思中恢复力量，找到许多感觉和思想，叫你鼓足勇气继续向前。

立于地平线上，仰望山峰，听风声陡起，听鸟儿展翅时的惊叫，看高阔的天，看恬淡的云，心灵和大自然一块儿共振。阳光暖暖地抚摸年轻的肩头，清新的空气爽爽地深入你的肌肤。斯情斯景，不由叫人咏叹天地之广博，个人之渺小。

面对连绵的山碧绿的水，这个雁荡山的儿子幻化成一片山叶、一缕山风，所有的不快都变得无足轻重了。“天人合一”，有叶白帆款款飘来，尘杂的心被净化，徐徐进入一片宁静。

平躺在山野上，尽情领略山的万种风情，静听天籁的音响，感念些生命之外的话题，高贵得一如精神家园中的王者，让人在平静之余多份思索，增种震撼，受次洗礼……

山峰有高有低，山道有直有曲，山风有柔有烈，山泉有急有缓，人生不也一样吗？面对大山，体悟人生的波折，该是怎样的释然？在种种忧患面前，你必须双脚不停地赶路，向着远方风雨兼程。行路人重要的是赶路，而不是计较路途如何。

眯起眼看天上的太阳，太阳从不向人索取什么，它在燃烧中灿烂自己的生命。是的，人也应如此的，不要为世俗杂念积压住喷发的心，尽情地燃烧自己吧。

山风微拂，又该上路了。

大山无语，生命在沉默中得到了歇息，这样真好！好好地生活下去，还有许多的事在等你去做，这是故乡雁荡山给我的忠告。

听雨

旱了一夏，空气燥得叫人憋闷。

老天爷终于记起这儿还有他的一方子民，慈悲心肠一动，便派雨娘来此拯救为旱所患的难民们。雨娘还未到，天边便先卷来一团黑云，越近越大，像滚浪般在天空翻动着，风婆婆乘着火轮车也赶来助威了。瞬时，风尘涌动，树枝乱舞，天地被罩在了昏黄之中。

一见雨要来了，人们兴奋地叫着喊着，赶忙把房外院内晾晒的物件收拾进家，然后仰起脸儿眼巴巴地盼着早点下那救命的雨。小孩更是高兴，偷偷地想跑到风中去耍，被大人一把拽回家中不允走出，说雨会把娃娃浇病的。

风比刚才老实多了。只见天空裂开一道缝儿，闪过一道白生生的光后又飞快地合上了，那光照得大地猛然间亮堂了几分。电闪之后，顷刻便下起了雨，雨点如豆般自天上而来，砸在胳膊上硬生生地疼。一场好雨呀，人们喜滋滋的，像捡了宝贝似的。

在屋里还未坐定，便听见屋顶上噼里啪啦地乱响，溅起的水如恋人般亲吻着玻璃片儿。雨中的云啊，树啊，鸟啊，都不知到哪儿休憩去了，屏息着一点儿声也没有。

立在窗前，见雨中隐隐约约闪烁着一缕亮光，不是电光，而是生命之光。几个勇敢的行人正振奋精神，似乎要在这生命与自然的冲撞里去拉住那缕光。人在雨中向前冲，那光也在向前移，怎么也接近不了，一直在前方导引着雨中的行人。

雨哗哗地下着，天如同漏了一般，潮潮的湿气从窗隙透入室内，钻进肌肤深入人心，叫人大口大口地呼吸着老天馈赠的佳品。

坐在室内，一家人都不说话，耳畔是响箭的声音，心境是平缓的，不是诗人也自会在心里吟上一首抒情的诗歌——无拘无束，不带任何负荷的自然之作。

听雨，听得修身养性，想人生思荣辱，直听得天地小了，胸襟大了；听雨，听得一份宁静，使人和自然相晤，与自我对话。

吃茶

茶是长于山乡的野货，却登入高堂充当娴雅的角儿，这个反差注定茶不会同金戈铁马、千夫悲号的战争云烟那样说消散就消散的。茶是耐得岁月沉淀的一种文化，在时光隧道里闪烁着自身的光芒。茶有道，茶成了艺术的一个门类，这是人类进步、分工细致的功绩。茶道，说雅些是品茗的艺术，讲俗了就是吃茶的学问。

我是俗人，吃茶历来粗糙，对茶文化了解甚少。那年春节行至南中国海，有幸结识了潮汕工夫茶。见远客来访，潮汕友人便亮出自家茶具，一个托钵上盛有袖珍的茶壶、茶杯和煮水的茶。茶壶以朱砂为质，小如胡桃，外侧勾有竹兰之类图案。四只杯子放在杯壶盘上，同四根短柱撑着天样；盘上有洞眼，供漏茶水之用；下层系存置茶渣剩水之场所。烧水的壶苹果般大小，名为茶喂。水开后并不急于用，先洗茶杯茶壶。水复开后，注入装有茶叶的壶内，第一泡不饮，依旧用来洗杯；第二泡沸水高冲进茶壶后再淋茶杯，图的是快速加热，使茶味早出。如此高冲低泡一番后，方与客人边叙边吃茶。果然是费工夫的工夫茶，难怪老舍吟出“品罢功夫茶几盏，只羡人间不羡仙”的诗句来嘉奖之。

与工夫茶相比，陕西关中道上的吃茶法就显得粗放、自然多了。我在华县瓜坡造访一位农民书法家时，他刚从田里耕作而归。只见他快速点火煮水，水沸后抓一把茶叶置于壶内，紧拉几下风箱，很快茶的苦味就溢满全屋。他端起冒着热气的茶碗，咕咚咕咚一气儿喝了多半碗，又吟唱起粗犷豪放的秦腔戏，快活得如孩童过年一般。罢了，摊纸挥毫，字法度适宜，布局紧凑，字体峻峭而又淋漓。我想：这与那种粗放的吃茶法是不无关联的。

前一段，看了陆羽的《茶经》，对茶的性状、品味及采制烹煮有了新的认识。我由此悟通吃茶的不同是文化不同的一种外在体现，是由地域、生活习俗等诸多因素决定的。南方水细而质甜且多为山水，关山道水质苦涩而厚重且多系井水，自然南方人吃茶吃得细致，关中人吃茶吃得粗放。其实，就吃茶本身而言，是没有什么高下的，正如南甜北辣，终也难分出个等级。

史册上，老子幽幽地说了句“治大国若烹小鲜”，是说治国的宰相从某种意义上讲就像高级的厨师。我暗想，那些凭寸舌品出茶之万千风味的吃茶者，倘能悟出其间真谛，他们都会成为治国、治家之高手吗？如果不是的话，那是老子错了，还是我错了呢？

养花小记

一位高中时关系非常密切的朋友，送来一株不知名儿的花儿，说他要去当兵了，也没什么好送的，就从自家花圃中挖了棵花相送，希望我今后能记得我们的友谊。

不敢辜负了朋友的一番美意，送走朋友之后我就匆忙找来一个十分雅致的花盆种上那花。其实，这还不是花，具体一点儿来说还是棵苗，想等鲜花艳如霞、花香袭人的佳境，还不知要经过多少劳动和等待呢。好在我这人爱幻想，对着孤零零的花苗，竟幻想着那花儿已一点点一片片地次第开放，好似电影中的慢镜头那样，叫人看个明白看个尽兴。在那艳丽的花蕊间，不正闪着一颗晶莹透亮的露珠吗？阳光似水一般洒在花上，给花和叶都镀了层自然的美妙的七彩光。恍惚间，花蕊中有什么在动，由小而大地现于眼前，天哪，原来是蒲松龄先生笔下的花仙，随风而舞、广袖飘曳，真是太美了！可惜，一阵风刮来，将灰埃吹入眼内，待我揉毕眼，只剩花苗孤零零地站在花盆中。

想象要变成现实，是非要下一番苦不可的。自此，我便异常勤劳地为花松土、施肥、浇水，眼巴巴地盼她早日开花，将心也悬在了她的身上。一位校友告诉我，花之美在于水灵、在于娇艳、在于自然，并解释说造就这美的天使是水，要不咋说水灵水灵呢？我恍然大悟，大有“听君一席话，胜费数日神”的感觉。

遂不辍为花浇水，日日盼花儿开放，夜夜想花儿开放。如此数日，花儿不见开放，反倒蔫了。我不觉有几分悲伤，抱怨自己的努力不够，辛勤还不足，对花儿还不够用心，所以花儿一副破败相。反问自己，为何功夫没少下，花儿却偏要来负我这有心人呢？猛然间想起古人以泪浇花，花儿受感动而怒放的典故来，便觉这花儿虽美可太娇贵太叫人受不了了，赌气似的将花搬到窗外，不再理会。

半个多月过去了，某日不经意地向窗外一瞅，竟见那花儿羞答答地开着两朵淡粉色的花朵，小小的，极富生命力的样子，仿佛在对我讲：其实你不懂我的心。弄得我十分被动，为自己的无知和浅薄。

花开的次日，当兵的朋友来信告诉我，那花是喜阳的，一周浇上一次水就可以了。原来如此！这花原本是不需要太多关注的，结果我上心过度却适得其反，竟差点儿害了这小生命。花儿如此，人也一样。别人养花养得满室芬芳，我不能那样，却得到了这个小小的启发，遂记下这段感受，告诉给那些仍在校园里奋斗的至亲至爱的朋友们。

河西河东

陈家村是一个被群山包围的村庄，一条冷水河将它分为东西两个部分，自然东边的叫陈家东村，西边的叫陈家西村。

陈家东村的人家天生聪颖，个个都是状元坯子，东村的子弟这几年接二连三地考上了国内的名牌大学，惹得西村的人家老是怪怨自己的孩子脑子太笨，天生不是读书的料。

陈家西村的人家天生精明，个个都是商贾的料子，西村的子弟往往初中还没毕业，就和大人到山外去做生意，把全国的大城市逛了个差不多后，便在城里出售山里的物件，大把大把的钞票常使得东村的人家差点叫自家的孩子辍学经商。

冷水河静静地流淌着，日子便一天天地这么过着。陈家东村的人见到西村的人便很真诚地说："你们西村好哇，有使不完的钱，可以任意地花，不像我们，供个学生也挣个半死。"西村的人却摆手，极真切地说："你们东村好哇，年年出状元郎，这以后有的是荣华富贵，我们西村人咋能相比呢？"两边的人说得都很真诚，彼此的眼里充满了羡慕。

不经意地，几年又过去了。陈家东村依旧贫困依旧年年出大学生，陈家西村依旧年年出商人依旧富裕。跟前些年不同的是，东村的孩子打算给村里办点事情，叫东村人好早点富起来，西村的孩子正筹划着怎样让西村能出几个懂知识有文化的人物来。东村和西村都在悄然中发生着变化。

忽有一天，沉寂一年多的鞭炮声在冷水河两岸的村子里同时响起。原来，东村放鞭是为了庆贺村里第一个集体工厂建成，西村放鞭是为了庆祝村里第一所中学落成。

乡长知道了这事之后，想说什么却什么也没说。沉悟半天后，在工作备忘录上写下一行字："河东河西、河西河东……"。在他的心中，一个发展全乡的计划正初步形成。

年旱

天还麻麻亮时，早起的农人便心急地朝东边张望，天际透出几道微微的红光。又是个大晴天，农人在心里忍不住犯愁，持续四个多月的干旱还得继续，这老天爷该不是瞎了眼？自割完稻子开始，天就晴得异常，三四十度的高温打一登场就没有歇过，到现在田里还是硬生生的稻子茬，挖土二尺也不见湿气。

方圆几百里都不见有雨的迹象，地焦得直冒烟，连草也长得十分单薄，埂头出奇的干净。老梧桐树没精打采地坠着叶片，片片写满厚厚的灰尘。偶尔有过往的飞鸟，也懒得叫一下。四周一片寂然，大自然迷迷瞪瞪的睡着了一般。

只有谁家不知倦的小公鸡，跳跃在稀松的藤下，想觅几条小虫儿，努力了大半天，失望地啄了几下地，悻悻而走。狗张大嘴巴，蹲在荫凉处，伸长舌头，大口大口地吐着热气。好不容易歇过劲来，又不知深浅地对着太阳狂吠不止，直到累得热汗淋漓。

一堵围墙里，高高低低地长着些橘子树，鸟蛋大的果子涩涩地挂在枝头。穿红裤头的孩子看看四下没人，猴样灵巧地蹿入果园，急急地摘下一个大的，又匆匆地返回。走到无人处，掏出来擦干净，大口一咬，硬硬的缺少果汁，皱着眉头嚼了几口，也没嚼出个味道来，一咧嘴吐了，一扬手把果子扔了。

古老的村落里，一眼不深的水井旁排满了水桶，一个辘轳上下不停地咿呀着吊水。今年的水浊了许多，村民们边抱怨边飞快地把水往家里挑，走不出十米，胸前背后的汗衫就湿出一大片。白发苍苍的老村主任叼着根没装烟叶的烟嘴，痴痴地想，明天要叫上几个壮小伙，把井往深处掏掏，不然今年就够呛了。

一道窄长的柏油路，被日头晒得软乎乎的，亮着黑色的光。线路上净生生的，惹得巡道员老说，今年少干活还成绩大，沾了天的光。山脚下转弯处的道房里，值班人员开着门窗，坐也不是，躺也不是，处处都热，只好死命地往脸盆里扎，洗了一遍又一遍。司机待在蒸笼似的车头里，浑身上下湿透了，像从水里捞出来的一样。站台上，等车的旅客看看天，舔舔唇，才一会儿，就有油亮的汗渗出。

孩子永远是快乐的。他们在树下玩着拔草根的游戏，跑遍周围几十米地找来一大堆草根，互相比试着，看谁的眼力好，挑的草根壮。冷不防，有个孩子叫了声："下雨了！"其他孩子看看白花花的日头，说那孩子在骗人。只有那孩子呆呆地望着树上，又有几滴液体落下，掉在他的脸上。小手一摸湿湿的，稀稀的，凑在眼前一看，原来是虫子在树上尿了。这孩子也不恼，反而更加痴呆地想：如果真有老天爷的话，那老天爷的尿就该是雨了吧。孩子很为自己的念头高兴，看看天上的云在动，以为云看透了自己的心思，便想托云儿告诉老天爷好好尿一脬。

起风了！最先感觉到的是在山上干活的人，他们看见树叶动了，纷纷逃命似的往高处跑，想享受一下大自然的清凉。风是一点点大了，猛地一片落叶下去，砸起一团尘埃，向天空直刺而上。人们欣喜地看到云一点点地厚了，喉咙动了几动也没敢喊出来，生怕吓跑了好不容易堆起来的阴云。就这么眼巴巴地看云来云厚，又眼巴巴地看云淡云去。人们这才知道，老天爷又和人开了个大玩笑。可有人说，这是大雨前的预兆。

人们极富耐心地等着吃过晚饭，又等着看完新闻联播，终于等到天气预报节目。预报员说，今年的干旱是新中国成立以来最大最长的一次，预计明后两天的天气仍以晴好为主。

春罪

要不是这依旧透彻的蓝天，要不是这依旧萌动的绿芽，要不是这依旧煦暖的春风，要不是这依旧鸣转的鸟语不约而同地在这春日午后汇聚，我是不会自心底生出深的负罪之感的。是的，深的负罪之感，我是春的罪人。

记忆的叶片，如春雨洒洗过般清晰——

童年的某个午后，我去距家不远的山岗挖野菜，竟不期在杂草丛中见到了只雏鸟：它黑豆般的小眼珠不安地眨巴着，柔软的尖嘴上溢着金色的光泽，肉肉的躯体鼓鼓的，透出种生命的灵光，我的心一下子被这灵物俘虏。小心地将它捧回家后，我急不可待地央人用铁丝网扎成个大鸟笼。然后，极细心地喂它食，但它不吃不喝，一动不动地蜷缩在角落，蔫巴巴的，一副垂死样。

我失望地想，这鸟太不通人性，不知我的一番用心，不吃不喝怕是活不长的。可是，傍晚时我猛然发觉：有两只同样的大鸟，盘旋在院子上空留恋地鸣叫着，还不时向鸟笼“唧唧——”“啾啾——”地叫个不停。听到大鸟的疾呼，笼中那雏鸟顿时有了生机，吃力地仰起毛茸茸的小三角头，闪着亮光的小豆眼应着大鸟充满了呼救的信号，并低低地锐声尖叫。三只鸟鼓噪着，似有无数话语要交流。我料定这三只鸟是一家的，便想如果一并捉来喂养，该是件多么快活的事儿。

两只大鸟不知怎的飞走了。不多时，又在院子上空复旋开。突然，一只大鸟以不可阻挡的气势，凌空直下快速飞至笼前，准确地将衔来的小虫喂入雏鸟的嘴里，随后另一只鸟倏地飞来喂虫……见状，我灵机一动快步走到院中，大鸟腾地飞了。打开笼门，我用细细的线儿拴住雏鸟的腿，然后躲在一旁等大鸟们中计。时过不久，两只大鸟又飞回来，四处窥探之后，便不加思索地钻进笼中与鸟儿嬉戏，有只大鸟还用尖嘴不停地啄那细线儿。我猛然从隐处现出，一把上前关死了笼门。

多年之后，我不止一次地忏悔，我的罪恶由此而直线上升。我没料到这种鸟的脾性是再耿烈不过的，两只大鸟上下蹿跳着猛烈地飞动，暴怒地用我所听不懂的最恶毒的鸟语咒骂着我，发了疯似的向铁笼一次次地飞撞，片片羽毛跌落如花瓣消瘦老去。渐渐地，两只大鸟飞撞的速度明显慢了，又渐渐地变得微弱了。接下来发生的一幕，让我今生难忘：两只大鸟拼力张开双翅，一左一右地护着雏鸟，“老”死了。尽管我知道它们的生命本来还很长，但一直固执地认为它们是老死的，或许那样会减少我的罪恶感。

我潸然泪下，捧着惊吓得发抖的雏鸟，让这可怜的孤儿去蓝天中寻找家园吧。但至今让人难以理解的是，它竟鼓足劲儿拼命地朝我额头用力一啄，然后猝然跌倒在我的脚下，不动了。

我淌着泪用小铁锹挖了个大坑，把这家三口合葬在一起，但心中却因此而蒙上一层抹不去的阴影。

今年开春以来，在我住所不远的蒲城永丰，有百万只鸟儿莫名地群栖在烈士陵园里。据说，那鸟儿群栖群落，纪律严明，比人类还正规，场面之壮观非言语可诉。我一直不敢动身前往观看，因为不敢面对庞大的鸟群，我怕它们向我索讨同伴的生命。鸟是人类的好朋友，我却干了件不义的事，我是有愧于鸟类的。我是鸟的罪人，是春天的罪人，我深深地向鸟类、向人类所有的朋友承认我的罪过，并真诚地希望那三个小生灵在天之灵能听到并接受我的忏悔。

第二辑　岁月微光

记着人的好

我低头把书本收拾完，在同学们惊愕的目光中走出教室。门外，父亲一把接过书包，急急地说：“抓紧点，今天是报名的最后一天了。”

从初中起，父亲就多次说我不务正业，做学生却不努力学习，非要写点“狗屁文章”，像在盐碱地播撒谷子，只能收获秕子，考学的路是没指望了。这次矿上破天荒地招子弟当工人，父亲认为，要是抓不住这次机会，到时候考不上大学的话，我迟早会游荡为祸害四方的闲汉。

我极不情愿地跟在后头磨蹭，心灰意冷地想，我完了，这辈子就算交代了。我开始抱怨自己的笨拙，那讨人厌的英语总是不留情面地将我的分数拉得很低，大学已和我没有任何关系了，我也不是人们传说中的少年作家，我必须在800米深的井下猫着腰心惊肉颤地挖煤，前路被厚厚的煤层封死了，我即便猫一辈子腰，也不能把厚厚的煤层挖穿。30年前，父亲就是以这样的方式来养家糊口的，现在轮到我了。也许，在不久的将来，我的孩子也要这样。我悲伤，我的心在流泪。

这时，班主任来了，父亲忙赔笑，撕烟纸、取烟、递烟、点火。在我看来，戒烟多年的父亲的这套动作极蹩脚，还不如不做的好。大我不到十岁的班主任美美地抽了口烟，压低声音说：“咱这学校教学质量，也实在太一般了，一年也考不上几个，把眼前的机会先抓住再说。”末了，很亲近地拍拍我的肩膀，安慰说，“也好，当工人老大哥了，可要记着人的好，要常来看老师噢……”

填完招工报名表，一名劳资干事对我们一群半大不小的男孩说：下午去卫生所体检，一星期后会把结果说给大人的。

于是，我便回家等结果。

第一天，平静地过去了。

第二天，也平静地过去了。

第三天，班长捎来我的信，是两份样报，我的一篇文章被陕西师范大学《写作导报》采用了。随报寄的，还有报纸总编刘路教授的信，他约我写些稿，并透露师大开新闻学专业的计划被教育部批下来了，问我是否愿意报考师大……

我的双眼起雾了，泪珠在眼眶里打着旋儿。我垂下头咬着嘴唇，避开班长的目光，任凭一股热辣辣的酸流从鼻腔倒灌进喉咙。

第四天，起床时我的铺还是凉的。我说要去邮局给刘老师回个电话，父亲便陪我去打电话。

知道我的情况后，刘老师让我把电话给父亲。我在一旁听见——

“家里真的不能让孩子上了吗？”

“不是的。上学为的是找工作，现在也是找个工作。”

“这次不招工不行吗？”

“怕以后没了机会，把娃耽误了。”

“招工是能有个工作，可是……你不觉得可惜？”

“我担心，考不上，就把娃荒了……”

接着，我听见电话里传来一声辛酸而无奈的叹息，那声音真诚得让人听后心悸。听了那一声叹息，父亲的眉头锁得更深了。

最后，父亲和刘老师商定：见面详谈。

第五天凌晨两点，父亲带着我发表的作品剪贴本，独自坐车去了西安城。天黑后回到家中，他把全家人都叫到一块儿，问我："去下井，还是去读书，你自个儿定！

第六天，我在同学们惊愕的目光中回到了教室。

后来，母亲告诉我，你爸回来一个劲地说：娃遇上贵人了，刘老师是个好先生。母亲说，末了，你爸还羡慕地说：吃过墨水的人就是不一样，一句讲道理的话都没有，却把什么道理都讲透了。

刘老师究竟和父亲说了哪些话，使得父亲改变主意，我一直无从知晓。

让我的同学羡慕的是，刘老师隔段时间就写信给我，询问我的学习状况，勉励我："你人生的路才刚开始，目前吃点苦没什么。因为，在现实的中国，一个没文凭的人，吃的苦肯定要比别人多得多……"

多年后，我终于迈进陕西师范大学的门，成为新闻学专业的一名学生，聆听到许多如刘路般的先生们的教诲，并最终辗转到一家报社工作。

前些天，刘路先生 60 岁寿辰，七八个学生自发聚集为他庆贺。三杯过后，先生打开话匣，说：你们不是我最好的学生，但在座的每个人都很有个性，我喜欢和有个性的人交往。接着，他即兴逐一点评。点评到我时，先生用低沉的声音，娓娓陈出十多年前的心迹：学锋因为太爱写文章，高中时把考大学都丢在一边，家里准备让他招工下井，他当时很沉沦也很无奈。知道他要招工的消息后，我的心颤抖了好久，心想：如果任凭一个有潜力的学生就这么在我眼前消失，是我这个教师的失败。我也是从学生过来的，也是从成长的困惑和抉择中一路走来的，所以，我尽我的力量给学锋以帮助和鼓励……

时间的巨手又把我推回到那个正站在人生岔路口的我，耳边又响起电话里那一声沉重的叹息。那一声叹息，是一位普通教师对学子的虔诚祈祷，是照亮学子前程的路灯，也是一个教师所给予的爱的泉源啊……

寻找越南文版《白鹿原》

从微信中得知陈忠实先生谢世的消息后，妻子第一时间就告诉我：陈老师走了。当时，我们全家正在万里之外的阿联酋，领略这个一半是海水一半是沙漠国家的独特风情。我当即就抱歉地对妻子和儿子说：我要一个人静一静。

面对蔚蓝色的波斯大海湾，我默默地坐了一个上午，又默默地坐了一个下午，满脑子都是那张遍布黄土沟壑浮雕般的脸。我总觉着，先生没有走。

那天，我去西安南郊先生工作室聊天。不知怎的，扯到了中国文学世界传播的话题。我说，大凡世界级的文学名著，大抵上都有在全球范围广泛传播的经历。这个传播过程中，作品因能给世界读者以精神鼓励、智慧启示和情感抚慰而活得更长久。《白鹿原》面世这么多年，却一直没有世界上使用最广泛语言英语的出版物，这不能不说是一个遗憾！

先生当时狠劲儿地抽了口雪茄，直截了当地回应："问题出在我身上。"据先生回忆，早在2000年前后，法国一家出版社来找他，要出版法文版。临签约时，法方说还想出别的语言版本，要将其他外语版一并签出。“我想，人家把咱的书翻译到其他国家，是好事，也没往深处细想，稀里糊涂就签了字。”2012 年出版的《白鹿原》法文版，成为继日文、韩文和越南文版之后小说的第四个外文版。先生告诉我，这十多年来，“至少有六七拨人来谈过出英文版的事”，美国一家大出版社还派人到北京，找到中国作协和人民文学出版社，甚至还来西安找到他，想取得英文版的授权，“但，因为有和法国签的那个合同在”，出英文版的事就搁下了。

听完这些，我很愤然：这事，也不能怪先生。毕竟，一个作家不可能是精通知识产权的律师。直觉告诉我，这个洋合同是郁结在先生心头的一种隐痛。征得先生同意，我后来写了篇《当心洋合同暗算中国作家》公开披露此事，为中国作家维权鼓与呼。所幸，此事得到了中国作协的重视。

那一天，先生还兴致很高地讲了越南文版的事。20 世纪末的某天，经朋友推荐，一位在越南留学的中国青年来见先生，说越南有读者想出版越南文版，不知先生是否有意。得到先生的应允后，不久一位越南老太太便飞到西安，如愿拿到了先生的授权。

大概两三年后，再次碰到那个留学生，先生才知道越南文版《白鹿原》已由舰港出版社出版，并在越南大小书店上架销售。于是，先生就出了机票等费用，委托该留学生捎本样书。先生说，当时想的不周全，那个学生娃也老实，只捎回来一本越南文版《白鹿原》。陈忠实文学馆在白鹿原落成后，这部上下两册的越南文版，就以展品形式“定居”其中。结果是，“我手头也没得越南文版，有时想翻一下都不能……”。

听到这里，我便接话：可以托人来找一本越南文版《白鹿原》。那一刻，先生眼里流出一缕明亮的神光。

我没有料到的是，寻找越南文版《白鹿原》会那么艰难——

考虑到越南从地理上距离中国广西最近，我便委托文友北海文联的董晓燕主席代为寻找。大约两三个月后，董来电说：先委托几家旅行社的导游去越南找，但没有找到；后来，又委托北海驻越南办事处的朋友找，还是没有找到。

于是，我便发动其他去越南办事的文朋诗友代为寻找。接连找了几个月，依然没有结果。

没有办法，我去母校陕西师大求救。汉学院院办的张丽老师告诉我，正好有河内大学的教师在师大留学，而且其家人在政府部门工作，可以委托其寒假时代劳。

在绿意盎然的师大校园，我急切地把这消息告诉先生。为确保落实，我还当即提醒先生，最好能将越南文版书的封面和版权页各复印一份，以备河内大学老师带回去比照之用。很快，先生安排陈忠实文学馆的工作人员照办。不久，又通知我到陕西作协杨毅处去取复印件。

我想，这回总该能为先生找到一本越南文版的《白鹿原》了吧。

2013 年 3 月中旬的一天，我接到张丽的电话："真抱歉，还是没找到。"同时，她还告诉我一个出人意料的真相：河内大学的这位老师找遍河内大小书店没有发现目标，就专程跑到舰港去寻找，依然没有结果，最后动用家人在政府部门的人脉，还真的查找到了舰港出版社的相关记录资料。资料显示，舰港出版社是私人在 1999 年出资注册的，该社在只出版了一本越南文版的《白鹿原》后，就自行宣告破产了。遗憾的是，当时所留电话打不通，注册办公地也已易主。

我立即联系先生，告诉他所获得的最新信息。

我推测，舰港出版社的申请注册人，应该就是取得授权的越南老太太。如果这个推测是真的话，那么这个越南老太太实在太可爱、太伟大了。为用家乡的语言来传播自己喜爱的中国小说，她以一个读者的虔诚和力量，将 50 万汉字的《白鹿原》翻译成越南文，还成立出版社斥资印刷出版。这样的事情，在世界文学史和出版史上也是罕见的。

虽然帮助先生寻找越南文版《白鹿原》未遂，但却证明了《白鹿原》是跨越国界的优秀作品。

想起这段未竟的往事，念及先生给予我的诸多帮助，诸多人生感慨和遗憾郁结心头，一时间竟难以呼吸。突然，想到白嘉轩在朱先生谢世后喊出的那句悲叫："白鹿原最好的一个先生谢世了……世上再也出不了这样好的先生了！"

面对蔚蓝的波斯大海湾，我默默地看沉落的夕阳一点点地将余晖洒向大海深处，满脑子都是那张遍布黄土沟壑浮雕般的脸，我总觉着，先生没有走。

传火种的人走了

一个秋的初夜，就一个不很熟悉的青年书法家的新作，我和几个朋友在交流各自的感受。突然，有个记者朋友来电话说："巴金走了，报社连夜要出纪念版，您有什么要说的吗？"

我把这消息告诉了在场的几位艺术家，我说："那只一刻也不曾停止的笔戛然而止了。"

这消息，让在场的每个人都感到猝不及防。有朋友提议：让我们默哀三分钟，为巴金，为艺术！

艺术是什么？艺术家是什么？艺术家追求的是什么？在默哀中，这些困扰我多年的问题盘上心头。

那颗代表20世纪中国社会良知的艺术之星陨落了；那个堂堂正正"说真话"的勇士离开了他酷爱的文学艺术骑鹤西去了；那个奉行"要忠实地生活，要爱人，要帮助别人"的世纪老人走了，走到另一个世界，再也不会回来了！

默哀中，记忆里突然闪过这么件事：1984年，在出席第47届国际笔会时，81岁的巴金老人激情满怀地说："在我还是一个孩子的时候，我就从文学作品中汲取了大量的养料……前辈作家把热爱生活的火种传给我，我也把火种传给别人……"

仿佛有什么激穿头颅似的，我的眼前突然出现五彩的光环，光环飞舞着、飞舞着……大约持续了四五秒，这种奇妙的感觉不见了。但是，我却得到了问题的答案：借艺术的火种，点亮人的心灵。

莫非，这是一个老艺术家在踏上天国之路时向后辈传递的艺术真谛？我坚信不疑。

重要的是，我知道该如何走今后的艺术之路了。

回到住所，房东说他上初中的孩子写作文又卡壳了，央我将写作的秘诀传授给他的孩子。我从书柜上取出老人的《随想录》，告诉这个15岁的孩子，这是一个爷爷级大作家的心血，别人问他写作的秘诀，他这样用笔回答："在三十年代和四十年代，很少有人写信问我写作的秘诀是什么。从五十年代起，提出这个问题的读者就多起来了。我答不出来，因为我不知道。但现在我可以回答了：把心交给读者。我最初拿起笔，是这样的想法，今天，在52年之后，我还是这样想。我不是为了做作家才拿起笔写小说的。"

随后，我给这个忍受作文折磨的少年讲了我所知道的老人的故事和作文观。

我看见，少年的眼里放射出似曾相识的异样光芒。

幽默是一种生活态度

昨日的西安，淅沥地滴着秋雨。从北京传来令人悲痛的消息：漫画名家方成老师不幸去世，享年 100 岁。这是中国当代漫画界的一大损失，我们从此失去一位泰斗级漫画大师。

17 年前秋季的一天，我曾有幸专访了方成先生，见识了先生的睿智和幽默。我记得，那天接到陕西省漫画学会李乃良老师“方成到西安了”的消息后，我和漫画家王进城第一时间赶到酒店。一见面，我们就跟李老师开玩笑：“一接您电话，我们是招之即来。”没想到，坐在沙发上的方成先生接话作答：“给你们打完电话，我们是挥之不去。”几秒钟的一愣神后，我们才意识到方成先生是这般的幽默和机敏，简直是出口成趣。

那天先生兴致很高，笑容满面地给我们介绍：漫画是一门将幽默语言用画表现出来的艺术。幽默也是漫画艺术的生命。漫画因兼有文字和绘画的特性，所以语言简洁、形象生动、表现力强。他认为，一个漫画家要有“三个家的本领”，即漫画家要集作家的洞察力、艺术家的技巧和讽刺家的幽默于一体，能让人在轻松娱乐中得到美感和启发。

操着地道的北京口音，先生解释说，幽默是智慧的火花，这火花其实是一种“逆应”。有的话，不能直接说，又憋不住，于是就想办法找个空子，转弯抹角地说出来，就会平添许多乐趣。有些时候，人有不便说出的话，总会用“逗笑”的话来搪塞，这就是幽默。幽默的根子，是人天性中带来的，天下哪个不“爱玩儿”？

在随后的交谈中，先生的幽默像爆竹筒那样不时冒出。我问先生的幽默感是从哪里来的，先生笑着作答：“像锻炼身体一样锻炼出来的。”他说，幽默其实是一种生活态度，每个人都可以培养出幽默感。只要多看书，常开玩笑地锻炼下去，人们的幽默感就会越来越多。先生说他没事时，最爱读鲁迅、钱钟书、老舍三位作家的书，因为他们的书中充满了幽默的智慧。

我问先生：为什么现在的孩子都喜爱卡通画，却不太爱漫画？先生身子向后一靠，仰起头来，认真地说：卡通画是传统连环画的变异，一般用数十幅或者更多的画面来讲述一个故事，单幅的卡通画只是其中的一个情节。而漫画却是用少得可怜的情节来表现一个完整的故事。漫画发展到今天，也只是形成了单幅漫画、四格漫画、连环漫画等几种形式。因为漫画是先有故事的，所以漫画天生带有寓意的基因。这也决定了漫画的两大艺术特性：一是有语言功能，可做评议；二是有谐趣性，是滑稽、幽默或讽刺性的画。

我又问先生：在各类语文试题中，经常会出现以漫画为材料的写作题，您有这方面的绝招吗？先生笑了一下，坦率地说：绝招是没有的，因为我不是语文老师。但是，我可以从一个漫画家的角度，谈谈我的理解。漫画以谐趣性著称于世，许多学生常常看不出漫画的谐趣性，也就是说，他们没有读懂漫画的寓意。当然，要读懂漫画作者用线条表达的语言含义，也是一件有难度的事情。因为，一幅漫画的寓意，可能是多方面的。所以，对考生来说，最关键的是，要在有限的时间内抓住最主要的寓意，也就是抓住看图作文的牛鼻子。读漫画时，性子不能急，不能像吃西瓜那样呼噜呼噜地吃，要像品人参果那样一点一点地尝，那样会越嚼越有味。孩子们可以先看懂漫画的直观意思，然后抓住寓意联系生活来写。此外，还要在平时多留意那些构思奇巧、别出心裁的事物，多观察、多思考，因为灵感往往就是从这些小地方中出来的。

愉快的时间总是过得很快，起身告别时，才意识到不知不觉谈了快两小时了，可还觉得有很多话要跟先生谈。先生也余兴未减，我们相约后会有期，继续谈论漫画话题。

没想到，这简短的一面后，我再也无缘见到先生了。如今，那个幽默的老人走了，我只有面对北京方向，在心底默默地为他祈祷。在没有先生的日子里，我会读他的书，看他的画，想他的人，以此来怀念他。并且，像他那样，抱定幽默的态度，好好生活。

每个人都是世界的财富

——记牛津大学副校长 W.D. 麦克米伦教授

听完他的发言，我用力地鼓掌。

我感到，那双智慧的眼睛向我所在的方向看过来。

会议结束后，我们一道步入洒满阳光的绿荫区。他微笑着伸出右手和我握手，好像我们是多年未见的朋友。顿时，我感到那只大手的温暖。

走到西安交通大学的一个小山坡后，我把自己的几本著作送给他。他立即阅读封面和书舌上的简介，看到我只有三十岁时，高兴地竖起了大拇指。但是，面对扉页上的中文题款，他却显露出不解的尴尬。

通过翻译，得知我写的是“每个人都是世界的财富　恭请牛津大学副校长 W.D. 麦克米伦教授一笑”后，他朗声笑了起来。

我用不很地道的英语问他：能否与教授合影留念？他友善地拍拍我的肩膀，嘴里还“OK! OK!”个不停。说话间，他熟练地理好了络腮的白胡子，拉正西服的下摆，站正了，把我们初次见面的美好一瞬留给随行的摄影者。

合影后，他拿着一把小铁锨，热情地邀请我共植友谊树。苍翠的松树前，立着小金属牌，上面的字很响亮："牛津大学 University of Oxford"。

他就是牛津大学的副校长 W.D. 麦克米伦教授。众所周知，牛津大学在英语国家中历史最为悠久。因为，无人知晓其确切历史——大约九百年以前建校——由于历史悠久，所以其建校之日无从考证。

教育家梅贻琦曾说：大学之精神，地无中外，时无古今。又言：所谓大学者，非谓有大楼之谓也，有大师之谓也。得益于一批博学大师的云集，牛津大学这所千年老校，才成为人类文明史上当之无愧的摇篮。一千年来，灿若星辰的科学家、政治家不断从牛津大学走出，成为全世界共同的财富。

我这个中国生、中国长的青年，有缘近距离目睹世界著名大学巨匠的风采，在意料之中，又在意料之外。无论如何评价，这都是件让人感到荣幸的事情。通过与 W.D. 麦克米伦教授的短暂交往，我真切地感受到：知识是没有国界的，全世界做学问的人的心都是相通的。

事后，我小学生样地在日记里写道："2006 年 4 月 8 日，我过了愉快而有意义的一天……我希望，全世界知识者联合起来，为人类创造更多的财富。"

镜子

他跳下自行车，快步跑进政治学院幼儿园的大门后，扭头对我说：“回去回去，你回去。”这个小小的人儿，言语中透出让人意外的坚持。

一扇铁栅栏门，隔开了他和我。我看见他奔跑着，和好朋友说笑着跑过操场，拐进楼里去了。我定定地扶着车子，僵在这个散发雾霾的冬日清晨。看不到他的那一瞬间，那股隐隐的挫败和失落感再次击中了我。

前几天，他一直感冒，还在家打了四天的吊针。今天感觉身体好了，就要去上学。出门时，我说陪他去班上，把情况跟老师说说。他说：“不好，我要自己去跟老师说。”

他才五岁一个月零八天，他能行吗？虽然他从两岁多就开始过集体生活了，一直是自己吃饭、穿衣服、上厕所、擦屁屁的，早就是幼儿园里年轻的“老资格”了，但，我还是忐忑着，放心不下。

他是我的孩子。我知道，他想展示自己，这并不是第一次。

去年暑假，带他回爷爷家，参观菜地时，他跑来跑去问这问那，兴奋得像只蝴蝶，回来后就很有主见地说：“我也要种菜，种没有污染的菜吃。”我忍住笑，问：“咱们这都是楼房，你种哪儿呢？”小家伙严肃地说：“种花盆里，那土好。”我说：“现在是夏天，并不是播种的季节。”他不和我说话了，只是和尚念经般唠叨：“我要种菜。”弄得人没办法，最后只好成全他，把花盆里的花请出来，把大蒜一个一个地埋进去。

还有一次，我们逛完大雁塔，好不容易挤上610路公交车。那天车上人很多，感觉把空气挤得都有些闷了。车到长安立交站时，旁边位子上的人下车了，他一屁股坐上连声说：“今天运气不错！”车到省体育场时，一个黑皮肤的大个子老外背着重重的旅行包上来，拿着张地图在车的摇晃中问人：火车站还远吗？他看见了，几步走到老外的身后，拉了拉旅行包，又用力地拉了几下：“Hello! Hello!”老外回头，很莫名地看着他。他笑着指着空座位：“Here! Here!”

平安夜那天，他的画作在一个比赛中得了金奖。作为事先约定的奖励，我带他去商场买鞋。我想给他买双蓝色或灰色的，他却指着一双红黄绿相间的鞋子：“我要那双。”喜滋滋地穿上后，把商场当成T台，模特样走起了猫步，还做着圣诞老人的动作，逗得营业员乐不可支：“这孩子，太可爱了。”听到表扬，他把我手一拉，扬起脸，眉毛向上一抖：“看，我眼光不错吧！”在那一瞬间，一股隐隐的挫败和失落感爬上我柔软的心灵，久久难散……

我双手扶着车子，讪讪地站在幼儿园的铁栅栏门外，向楼拐角处望。其实，他早就不在那里了。门卫见状，问我要不要把车子锁了，上楼去班里看看。我有些难为情地笑笑，说不用了。推车子往回走时，我想：他是我的一面镜子，能照出我日渐远去的成长的影子。

我小时候也这样子吗？也一定有过很多这样的历程吧。

在父母的担忧中，我也独立做过吃饭喝汤、穿衣脱裤、大便小便之类的事；我还在父母不知情时，偷偷摘过别人家的桑葚，小心地在波罗蜜里加一点盐，悄悄在蜂窝煤球上用粉笔画记号，等等……总之，我小时候做过好多好多自认为该做的事。也许，这一连串的事情，就是我成长中一个接一个的梦想吧。心中有梦，梦想的光芒便会照进现实，并成为成长不竭的原动力。

走在冬日清晨的西安街头，我的心田一片宁静和澄明。每个孩子，都是一面镜子，都能映射出一个时代的梦想。父亲那个时代的梦，是新中国站起来的梦；我那个时代的梦，是改革开放富起来的梦；现在，他的梦，是新世纪强起来的梦。我想，别太顾虑了，大胆放手，让孩子去展示自己，并在一连串的展示中实现他的梦想吧。

因为，孩子的路要靠他自己去一步步走。

因为，孩子的梦想要靠他自己去努力实现。

矿工一家

前边是沟，沟下流着矿上澡堂的废水；后面是山，山上长着黑绿的椒树，小瓦房便修在半山腰上。虽然缺少人文景观，却也建得依山傍水，清晨开门放朝阳进来，黄昏合窗送夕阳归去，很有些古朴、幽雅的味道。房前有条尺把宽的土路，绳子样系着瓦房与沟外，起伏陡峭处刨了些坑窝子，像远古结绳记事打下的结，小路随之一波三折。房子自然不是公家的楼房，是个人挖土方夯地基、一块砖半片瓦地盖起来的砖木房。谈不上什么坚固，随天气变化有时也飘进些风、打入点雨什么的，但主人却住得舒坦。

男人是矿上的矿工，女人是去年办农转非落户转来的。没事时，男人把水缸挑满、柴火劈细、煤块砸好之后便躺在床上吸烟；女人看时间距儿子放学还早，就坐下做起针线活儿。女人没有工作，把男人看得山一般高大，一家三口全凭男人日夜下井挣钱过日子。月月开支后，还需寄些钱给老家，剩下不多的，就得算计着用，因此家境也一般。但，他们却过得滋润快活，儿子放学、男人下班，小屋里盈满亲情，漏再大的雨，进再大的风，也不在乎。

男人评上了先进，矿上奖励电子石英钟一个。不知何故，那钟老走不准。尽管时间不准，女人却掌握得准：上午太阳照到墙中央时生火做饭，饭煮熟后儿子正放学；下午太阳走到屋角时捅炉子熬稀饭，菜炒好不出十分钟男人便下班。也有不准的时候，做完饭女人望着墙上的全家福傻傻地乱想：寻下这么能干的男人，生下这么聪明的儿子，这日子真美呀！正想得发呆，不提防男人悄一进门至身后一把抱住她，女人嘴里说着：我都老了，你咋还这么坏；又说儿子快放学了，改天吧，心里却乐滋滋如灌了蜜。

碰上男人工作忙回不来，女人便提着保温桶去送饭。打开盖子，头层是切得均细的菜：红的柿子、黄的鸡蛋、绿的豆角，汇成了安全岛上的信号灯。工友们见了都夸嫂子心细，连吃饭也不忘向大哥提醒要安全生产。中间是两个又暄又白的馍馍；下层是清凉败火的绿豆汤。小小的保温桶盛满了女人浓浓的情，男人吃得香，干活有劲，月月领的奖金老比别人高出一大截。

一天，儿子回来都做完功课了，还不见男人升井回来，女人便牵着儿子去寻，心急地见人便问，见娃他爸了吗？正问着，便看见男人疾步走来。原来，是矿上开会传达上头文件哩，说什么要减人提效、下岗分流的事情。女人认真听，却听了个半懂，心一下慌了：没活干，日子咋过？男人解释说，下岗是改革的大局，下岗后矿上还有再就业中心帮助找活干的。女人叮嘱男人在班里少说话、多干活，千万不敢招惹谁，不然没活干，一家三口喝风去呀。又拉紧儿子的手，教育他一定得好好学习，看你爸妈文化低，日子过得多难！

吃罢饭看电视，儿子自然爱看他的动画片，男人和女人多是听听新闻，知晓一下天下大事。基本上，每晚八点关电视，怕影响孩子休息。儿子尽管小，却是全家的未来和希望，不关心未来，不关心希望，还关心啥去？间或停了电，一家人便围在炕头闲聊。妈妈问儿子，今天在学校学了点啥？儿子考爸爸，树上有五只猴，猎人打下一只还剩几只？考罢之后，儿子便唱从学校里学来的歌："春风吹，阳光照，红领巾，胸前飘……"唱得不那么准，却认真投入、稚气感人。唱完便要爸爸来，男人搂住儿子躺着唱草原牧歌，唱不了几句便感染得女人也应和着，儿子乐得骑在男人身上，小脑瓜儿里想的是"蓝蓝的天上白云飘"。

半截蜡烛在窗棂上一跳一伏，叠映着的全是欢笑。

也有烦恼的时候。矿上效益不好，工资老是拖欠，男人心里上火，一天到晚老黑着苦脸。女人宽心说，不好是大家不好，又不是咱一户，有米有面有吃的就行了。男人听了便嚷嚷：娃要上学，你要添衣，老家还有老人，没钱日子咋过？女人便不言语了。儿子懂事地说，从明早起不再吃豆馅饼了，在家吃块馍就行了。感动得男人说，苦还不到那地步，不行工休了去学点手艺。女人眼酸地劝儿子，你还小，正长个咧，爸妈想办法挣钱就是了，哪个要你省？一场风雨瞬息消没。没几天，女人便在矿上澡堂门口摆了个小摊，卖些香烟瓜子洗发水搓澡巾之类的小玩意儿。

矿区评选文明家庭，区队里推荐了这家人。参评的人很多，评选条件又细，工会的小伙便想了怪招：上班时找到男人说，嫂子看上矿上谁谁了，卖东西都不收钱。男人听了不恼，说你嫂子的心我懂，她是世上最好的人。碰了一鼻子灰后，便跑到女人跟前说，你儿子在校调皮捣蛋，总是被老师训！女人笑了，自个儿的娃当娘的知道，世上最好的娃要数他了。末了，又在放学路上拦住儿子问，你爸妈好不好？儿子稚气十足地响亮作答：爸爸妈妈是世界上最好的爸爸妈妈。

世界上三个最好的人，组成了一个世界上最好的家庭。

私货

老方是南方人，干了大半辈子的革命还是个小小的车站值班员，加之不好与人言语，大伙都称他方师傅或老方。

老方一个人住在离家离妻子很远的车站，但却特别爱干净，每天交接班时把办公桌椅、电话、床铺、窗台等打扫得一尘不染。老方身上的衣服，最多不超过三天就清洗，身上总有股洗衣粉的香味儿，这在小站是独一无二的，常常让那些居家的职工自叹不如。

老方工余不打牌不搓麻将也不下棋，他爱喝茶看报。他的口很粗，茶不论好坏，都要泡得浓酽。老方看报纸，大多走马观花，偏偏钟爱楷体字部分，一个字一个字地看，有时还抄在笔记本上。报纸上的楷体字部分，大多是社论或言论。这是老方当兵时落下的“毛病”。据他讲，他当年在“副统帅”领导的部队服役，接二连三的“运动”和“斗争”，弄得年轻的他常常晕头转向。实在看不来谁是谁非，只好拼命记社论。好在他记性好，运用起来八九不离十，从没在“运动”中被“斗争”过。

“副统帅”驾机叛逃后，老方成了“现行”，是人民所监视的“反革命”。后来，中央一个会改变了他的命运。因这个会，他得以凭借“支援大西北的革命青年”身份，来到我们这座煤城。参加工作后，他仍不改看社论的习惯，这习惯潜移默化了他的理论头脑。他轻易不开口，但凡开口，三句就能运用社论上的“官话”。因此，有人背地告诫我：老方那人没实话，跟他打交道别太认真了。

去年国庆前夕，上级决定提拔老方当副站长。老方知道后，连夜赶了二十多里山路到县城找领导，说我都快退的人了，还是把职位留给年轻同志吧。事后，我们都说他傻，他眯着眼笑笑说，现今国家不是以前了，没文化的大半老汉还图个啥呀？世事是你们有文凭的青年人的，你们可要珍贵这日子呀。末了，又看看窗外，喃喃自语：还是中央那个会开得好啊。

元旦那天，站上搞了会餐，老方恰好不当班，便高兴地多喝了几杯。我扶他回宿舍后，发现他枕边放着个小巧的木盒，边缘被磨得发亮，想来是经常用造成的。里面会是什么宝贝呢？带着这个疑惑，我打开盒子。里面是个塑料袋，打开后裹着油纸包，打开油纸包后还是油纸，再打开油纸包里面还是油纸，最后，我看到中间是张剪报，纸已泛黄，但字迹却清晰，细看是十一届三中全会后《人民日报》的社论。我恍然大悟，这就是老方常讲的那个“会”了。

前几天，老方一脸郑重地告诉我，他快退休了，退休后想回南方老家与妻儿安度晚年。不过，有个私货想到时送给我。我想，他要送我的私货，就是印着中央那个“会”的剪报吧。

老魏

上帝从创造中找到他自己。

——泰戈尔《飞鸟集》

上帝是偏心的，因为他把所有的缺点都集中到一个人身上，那就是我们学校的老校工——老魏。他很伤悲，因为他是个跛子，才四十几岁，头发却都白了。他看得起所有人，但是几乎所有的人都不把他放在眼里，所以他很悲伤。

关于老魏的故事，三天三夜也说不完。老魏有个很有点历史味的名字叫魏晋，可大伙都叫他老魏，虽然他才四十几岁。据学校年长的老师讲，老魏在这所学校创办之初就来了，在这里干了快三十年了。

老魏没老婆，现在还是光杆司令一个。老魏一个人住在学校西北角的一间小房里，那房的半间堆着扫帚、畚箕、木板、拉板车等学校的杂货。老魏不管这些，只是每天清扫路面、清除垃圾，有时还捎带着剪花木、帮老师们拉煤、通下水管道，甚至有时还兼起门卫和保卫的工作。

老魏的地扫得漂亮，既干净又仔细；老魏的垃圾打扫得利索，天不明就去拉，晨读时早就干净了；老魏所有的活儿都做得叫人佩服，难怪大家戏称在街上有事找交警，在学校有事找老魏。因为老魏是个全才，是个杂家，学校的活儿没有他不会的。

老魏人老实，对自己的工作负责。因为过度负责，老魏便常遭人白眼，甚至是记恨。那天夜里，补习班的老兵张天夜里看了半截通宵录像后翻墙进校，被巡视的老魏发现了，告诉了班主任。班主任事后很含蓄地批评了张天，这小子眼珠一转，坏点子来了。

他在老魏扫地时，故意把一本不用的破书丢在路上，不明真相的老魏果然中计。中午时分，学校门口的小黑板上出现了认领启事，说失主可与老魏联系。使坏的张天，偷偷地抹去了魏字的左半边，就是说，那启事一下子改成了失主可与老鬼联系。恶作剧后，张天笑疼了肚子。气得校长说一定要查清谁干的，这不是欺负老魏吗！老魏知道了，忙劝校长算了，说学生总归是个学生，学会生的就成熟了。

老魏勤快，老魏辛苦，更重要的是，老魏随叫随到，不拿架子，无论大小，不分尊卑。都说学校一天两天没校长可以照样过，可如果老魏一天不在，非乱了套不可，连校长也这么说，称赞老魏是学校里不占职位的后勤主任。听到校长这话时，老魏羞得满脸通红。

一轮太阳和一弯月亮轮着在校园操场旁的那棵老梧桐上发表演说，日子便这么很快地过着。二十多年的风雨，校长主任换了几任，学生娃们的学生娃都来学校上学了。

没有人知道老魏扫秃了多少把笤帚，拉坏了多少辆板车；二十多年，也没有人统计过老魏一天到底上多少小时的班……

老魏人好，老实，深受学校师生的敬佩。去年国庆前，市里要从普通劳动者中间选人大代表，只分给学校一个名额，大家都把票投给了老魏。

这个结果很让人们吃惊，老魏本人也很吃惊。

人们都说老魏三十年如一日地勤恳工作、无私奉献，是雷锋的再世，是老黄牛的象征，是百分之一百二十的普通劳动者，不选老魏，实在是对不起党和人民交给自己的选举权，对不起这颗肉长的心。

于是，人们都关心起老魏来了。不叫他老魏，而是恭敬无比地叫他魏晋同志或者是老魏同志，还有的学生干脆叫他魏老师。学校有什么事，诸如下水道堵了，也不叫老魏来修理疏通了，有些老师要去拉煤，也都从街上雇个农民工，而不愿去麻烦老魏了。

面对突如其来的变化，老魏比以前更加认真负责地工作了。他扫得一个纸屑也看不见，垃圾一天几次打扫。即便你不去叫他，他也主动来门上帮你拉煤，并且一块不碎地码放好；学校哪里有什么坏了，老魏会主动去修理；其实，什么也不用瞒，老魏嘴上不说，心里却有本账，明的像镜子！毕竟，他是在这所学校里待了二十几年的老同志、老革命了。

可惜，后来老魏的人大代表没当成。据说，是考虑到魏晋同志的文化程度和身体状况，出于对学校和人大代表的双重考虑，经过有关方面仔细深入地调查研究之后，改选了人大代表。

这消息传出后，人们都替老魏叫冤，可又都说："领导们的意见也是不无道理的，毕竟谁当人大代表也是个大事嘛……"

这消息传出后，只有一个人高兴得不得了，这个人就是老魏。据门房的赵师傅说，老魏在听到消息的那晚，兴奋地和他聊到半夜一点半，老魏说了很多话，赵师傅只记住了一句——"有活干，有饭吃，人活着才踏实。不然，咋受得了呢？"有着二十三年门卫经验的赵师傅还说，他来学校后，听说老魏当时在街上流浪乞讨，得了肺炎，是学校的第一任书记出钱帮老魏治好了病，并建议老魏（当时的小魏）来学校帮忙。这样，老魏才在学校一干就快三十年，从来不说什么，也不计较什么。老魏是天下最有良心的好人哪，说这些时，赵师傅的眼睛亮亮的，分明有什么东西在眼眶里闪烁。

跷跷板

胡文顺这小子的命一点儿也不顺。刚记事时，他就因右派的父亲而忍受了诸多平常孩子难以忍受的苦难。17岁时，他被下放到我们这个煤矿当知青，接受800米深处工人老大哥的再教育。胡文顺也不含糊，干活老是争先抢头的，用他的话说，就是脱皮掉肉换得出头之日也值！

1980年，胡文顺看上矿幼儿园的阿姨马小凤，且执迷不悟。有好事者便去说媒，小凤爸死活不允，说“老右”的儿子谁敢要，找个白痴也比他强，胡文顺初萌的爱情幼苗一下子枯死了。但他坚信滴水穿石的道理，天天抽空去幼儿园，大小伙子一个人傻乎乎地压跷跷板，有时还读几页《孙子兵法》。一来二往，日子久了，小凤也便有心于他了。

1982年小河解冻时，胡文顺的父亲平了反，他放弃了去省城的机会，借了一大堆钱去了趟上海，贩回一批上海时装，甩手给县上的摊贩，很是发了一笔小财。可是，马小凤已嫁给了矿劳人科副科长的儿子。胡文顺失望之余，整天蹲在宿舍抱着本《孙子兵法》，也不知看了还是没看。别人都说，这小子没准会神经的，矿上便派人监视他，怕出意外。

20 世纪 80 年代末的一个冬天，他离开煤矿去了广州。据说，外面的世界很精彩。此后的几年里，大伙有事没事地老爱提及胡文顺，说他现在应该如何如何了。可是，胡文顺却像断了线的风筝，死活都没有任何消息。后来，连说他的人也懒得说了，改说人家北京人怎么怎么了。

90 年代的一天，大家正长一句短一句地说着闲话，胡义顺拉着个皮箱回来了，自然他不再下井了。这次回来，他用早就联系好的车皮，把矿上积压成山的煤，一火车一火车地往外拉，自然钞票也是大把大把地捞。胡文顺成了骑在咱们头上的“资本家”了，当初说他好的人愤愤着。在许多人还没有搞明白胡文顺是不是资本家时，胡文顺成了知名人士，矿区内外有个什么大的活动都要邀请他到主席台上坐坐，很是风光。他也总少不了下些毛毛雨，意思意思。

1994 年，他放弃煤生意，提着只装满钞票的密码箱飞到了日本。临走前他说，想办跨国公司，结果许多人都落了泪，怕他忘掉患难的弟兄。不知怎么弄的，1998 年他取得了日本国籍，摇身一变成了外籍华人，前来我们小县考查投资环境，又是登报又是上电视的，着实出尽了风头。折腾了好一阵之后，他决定投资修建全县的幼儿园。

今年元旦那天，我送孩子去幼儿园，发觉怎么多了许多跷跷板，而且造型精致得不能再精致了。老园长马小春说，这是日籍华人胡文顺投资的。说罢这话，马小春的眼神怪怪的。

田伯

双休时无事，便想去田伯家看看。田伯不是亲伯，只是多年前我家曾租住在他家。爬上一个不高的土坡，沿着沾满煤屑的柏油路向西一拐，再下个“之”字形的缓坡，就到了田伯的家。

田伯显然是刚从地里回来，裤管挽得老高，正俯身给牛剁草，秋日的衰草在他双臂起落间纷纷开落，刀口染上层黏黏的绿浆。见我来了，他停下手中的活计，迎我进屋，让座、泡茶，热情洋溢了整张脸儿。

照例，我问田伯：日子过得还好吧？田伯狠吸了一口旱烟，沉默了好半晌，才噗的一声吹出烟末子，叹气说：“不咋的，今年天旱，秋算是瞎了。建军他单位上效益也不好……”田伯不言语了，低头接着抽烟，我这才发觉他的头发花白了大半，背也驼的狠了。

田伯家里还是老样子，桌椅、板凳，有限的家什整齐地摆在一角。我正看着，建军领着他的女儿进来了。建军是田伯的独苗，那年中专毕业后想去广州闯世界，田伯死活不允，建军不应，田伯又是上吊又是喝药，闹腾得怪吓人的。结果，建军还是回到田伯替他找的煤矿上班了。

之后，建军又匆忙和附近一户殷实人家的女儿结成伉俪。我看建军高大的身躯，不知怎么没有了少年时的活泛，人也木讷着，不肯多说话。田伯抽着旱烟，干呛干呛的，我默然地喝着苦味的茶，只有建军的女儿吵着要吃干吃面。田伯早年也是当地有脸面的匠人，箍的砖窑是打着灯笼也难寻的。听人说，年轻时田伯也想外出，可家里不同意，大概怕他一出去就不回来了。接着，家里又为他成了亲，田伯便安心过日子了。

田伯絮絮叨叨地和我扯着闲话，说如今钱多了反倒不够花，又说北方怎么也比不上南方，又说三十年河东三十年河西的，这世事咋不转咧？我说，也会变的，国家正关注中西部开发哩，咱们很快会赶上沿海的。田伯又感叹说，从电视里看，那边农民的日子，啧啧，真正是叫好！

田伯起身要给我添水，我劝住，说天快黑了，该告辞了。又留下说了几句闲话，我便起身往回走了。走了好长一节路，回头见田伯还倚在门框旁，张着缺牙的嘴，冲我无声地笑。这时，夕阳的余晖把整个矿区涂抹得一片灿烂，经验告诉我，明天是个好天气。

尘埃开花

你汗渍渍地跟着主任来到车间加工室。

“喏，今后你就跟他们合作着干吧。”主任交代完你的任务，扭头走了。

他们中有三位中年妇女，一位比你年长几岁的青年。从他们的眼神中，你看得出他们是不乐意你介入的。也难怪，这一阵闹危机，下岗人员多得厉害。但下了岗，谁也没在家闲着，还得到社会上找份活干呀。

做纸箱的活不重，但却闲不下来，今年天旱水分少，苹果长得不太好，所以对纸箱的要求也很严。你负责给扎好的纸箱外涮清漆，是最后一道工序。这是个技巧活，沾漆多了易板结成块，少了还须再返工，所以我格外认真。

做了大半天的活，大伙就不再沉默。

“李嫂，你说怪不怪，我家的拖把上长出了蘑菇。”

“那有啥，肯定是潮的呗。我们家窗外花盆几年都没人管了，灰土落得老厚老厚了，谁想今年还开了朵什么花。对了，小凤，你们家小龙今年上大学交了多少学费？”

“七千多块。钱不值钱了，花起来生快。”

“就是的，钱花起来生快，攒起来真是太难了。”

“读书是正经事，花多花少都是为了孩子。”

“对，我们家涛涛明年也该高考了，考我倒不愁，一想到学费，我就头大。”

“马姐，你每晚辛辛苦苦地推销人寿保险，咋样了？”

“还算凑合，谁叫我没技术，只能磨嘴皮，挣些辛苦钱。”

“不容易啊，我年轻时没学会啥，现在只好吃苦了。唉，今天眼看着又完了，今天一过去就不再来了。依我看哪，下班后得再找个事才行。”

“就是的，人勤快了饿不死，老天总会给人一条生路。”

说得多么深刻啊，今天过去了就不再来了。趁现在还年轻，你下班了也该干点什么的。这么寻思着，下班后你去书店买了套书。春天就去参加自考，你为自己谋划着。

一个纳税人

上月末的一天，单位财务室转来你的工资单，其中税金一栏，记载缴纳了个人所得税四十多元，是财务室从工资中代扣的。这是你平生以来，第一次以个人的名义向国家缴税。

看着这细长的工资单，你的心情久久难以平静。在读书时，老师便教诲“依法纳税是每个公民的光荣义务”，说国家税收“取之于民，用之于民”。但你对这两句话的理解，完全是老师填鸭的功劳，压根也没敢往深处想。“纳税”二字何等的重量，平头老百姓想那玩意儿，对当时的你来讲，未免有些杞人忧天，纳税是企业、是资本家、是单位的事情。

但是，今天纳税却水一样地渗入社会的各个角落，并真实地走进你的生活当中，让你不得不反复掂量“纳税”二字来。你发现，你高兴地发现：明白自己是纳税人之后，你的热情跳跃着不断高升，原先对事的冷淡劲儿没了，却爆发出异乎寻常的狂热激情来；而且，你像开了窍似的，认识能力也大为进步了。

比如，过去你就弄不明白“主人翁”这个词。尽管也知道这词没错，可老也找不着半点主人的感觉。你说，城市不是你的，马路不是你的，汽车不是你的，就连住的房子也不是你的……问苍茫大地，哪件东西是你的呢？而你呢？你也不是什么主人，你只是一个普通的老百姓，是个天上掉块石头就能砸死八九个的老百姓。

但是，自从你工资单上有了税金后，你很为自己以前的想法感到可耻。你想通了，主人翁的意思不是你拥有什么，而是公共设施里凝结着你的劳动；虽然，只是微乎其微的一丁点，但毕竟是你，一个纳税人用劳动所奉献的。

你的生活一下子充实起来了：修立交桥，你跑去看用的是否是伪劣水泥；建绿化带，你认真地丈量草与草的间距是否一致；献血活动，你挤着让先抽自己的血。同时，你警犬般地注视着身边人，尤其是有职务人士的一举一动。对于电视、报纸上曝光的那些浪费资产挥霍荒淫的腐败分子，你恨不得亲手了断了他们。你越来越忙了，对社会上任何一件事都想发表见解。

终于，你累得撑不住了。

你去找一位当心理医生的朋友，央他为你诊治。他在听完你的诉说后，不屑地一笑，反问：“有没有搞错？你以为你是谁？”

“我是一个纳税人呀！”

“你呀，把事太当事了。记着，凡事把自己的定位搞清楚，别以为自己是王五王六的。”朋友平静地说完，伸手扶了下悬在鼻尖上的眼镜，懒懒地对着窗外的长龙喊：“下一个！”

想去看海

六月初的一天，多年不见的高中同学济民邀我小聚。老同学相见自然交谈甚欢，谈罢这些年各自的经历和感受，微醺的济民发邀请下周再聚，约上其他几个同学一起坐坐。我忙摆手说，下周不行，下周是父亲节，我要待在家中。

父亲节！我看见，说出这三个字后，济民立即泪流满面了。我当时愣住了，也不知道该怎么去劝他，几秒钟后才递给他纸巾。就这样，我知道了他和他父亲的故事。

高一时，他从家到学校要翻两个大沟走十几里山路。由于家里穷，父亲每周给他两块钱做学习和生活的花销，他便每三天回家背一次馍，饥一顿饱一顿地凑合着吃，遇上菜贵时，便用开水泡干馍吃。这样勉勉强强地过了一个学期，第二学期开学他死活赖着不走，说什么也不去上学。尽管父亲一再拉他去报名，他死活不去，他说自己受不了那份苦。

无奈，父亲只好留他当助手，一起去修理“地球”。每天，天刚麻麻亮，父亲便唤他提上粪箕，去村里巷道拾粪，接着，挑上粪，上地加肥。

没干几天，他稚嫩的肩头肿得像被蝎子蜇了似的，针刺般的痛。父亲沉着脸训他：人哄地皮，地哄肚皮，不多上粪，地就没劲。

那年春天，雨水特别多，常常把地坎冲塌。于是，他们父子便从远处搬来石头垫墙脚，再从别处荒地担来土，一筐筐地把地坎垫高垫厚。一担土少说也有百十来斤，从早挑到晚，常常累得他分不清东西南北，衣服早被汗渍成了世界地图，他便开始学偷懒，磨洋工。父亲也累得直哼哼，但还是不吝啬力气不停地干。见他不中用的样子，父亲大发雷霆，劈头盖脸就骂。骂的什么，他早已忘了，但他很清晰地记得，父亲当时真的很生气。

有时，在地头的树下歇息，父亲不知是自言自语，还是在有意对他说：一辈子都在这黄土地上忙，看电视上那蓝色的大海可真叫美，啥时能真正去看一眼蓝色的大海，这辈子就值了。为此，他纳闷了很长一段时间，因为父亲连去县城的机会都很少，更不要说去看大海了。可是，身为农民的父亲，怎么会有这份浪漫呢？

那年初秋，一个夜晚，母亲在外屋责备父亲，抱怨他这半年来把娃给累得太结实了，骂父亲：你这死鬼，心硬得像个秤砣，就不知爱惜自己孩子。父亲狠狠地吸了一口旱烟，慢慢地回话："人心都是肉长的，我也见不得咱娃吃苦，可又怕娃现今不吃苦，以后要吃更大的苦，有时只好硬着肠子训他。快开学了，你收拾一下吧，我打算再送娃去上学。经过这番折腾，怕他也该明白啥叫受苦，啥叫享福了。"

济民说，当时躲在内屋听着父母的谈话，心里酸酸的、热热的。

开学时，父亲又重新把他送到了十几里外的学校读书。只是，他没有告诉父亲，他不再记"恨"他了，他已经知道了父亲那颗肉长的心所寄予的无限期望和厚爱了。

就这样，带着父亲的厚爱，在我们羡慕的眼光中，他考上了北京的大学。毕业后，他又在我们羡慕的眼光中，留在了北京。后来，他在我们惊讶的眼光中，离开了北京，办起了自己的公司，全身心地忙那生意场上的事。忙忙碌碌中，他的生意越做越大，成了我们眼里的成功人士。因为忙，他很少回家，即便过年过节，也大都是来去匆匆。

去年，他父亲离世了。

父亲死后，他才猛然间想起父亲当年的愿望。办完父亲的后事，济民就去了海边。他把父亲的遗像立在沙滩上，点起三根香，心里默默地念叨着：爸爸，到海边了，您睁开眼睛看看吧，这里是大海，是真的大海，不是电视上的大海，您睁开眼睛看看吧，这里是真的大海……父亲在玻璃的后面，眼睛瞅着远方，看白色的浪花不时亲吻海边的沙土，无声地笑着。

济民说："那一刻，我的泪刷地流了下来。在晶莹的泪珠中，我醒了：活在世上，人人都需要钱，但谁也不能把钱挣完。有些事情，不能错过，可我却错过了，而且已错过太多太久了。"于是，他对着大海发誓，要珍惜当下的所有，过好每一天。

我端起啤酒杯和济民碰了一下，深有感触地说："人活一世，其实很短。有些事情要抓紧，一旦错过，连想补偿的机会都没了。"

彩民

世纪开元际，万物蓬勃时。也许你才刚打了个盹儿，醒来时便发觉天下变了，连你那平日里心如止水的老爸也正排着长队等着买彩票呢。你笑话老爸是“穷人想得宝，一世想到老”。教了一辈子政治经济学的老爸教训你：小子，要体验从穷光蛋到百万富翁的飞跃吗？那就去买彩票吧！你老爸还自嘲道：之所以未能获得头奖，是因为量变得太慢，还未引起质变。说罢，精神抖擞地幽上一默：头奖尚未博中，同志仍需努力！

走上街头，你不得不佩服你老爸的前卫，因为电脑彩票销售点霸气十足地踏遍了街头巷尾，硕大的标识、诱人的广告语，以及巨额的金钱都让你一次次差点昏倒。老天，投资 2 元钱，就有可能换回几辈子也挣不来的银子。有钱的感觉真爽！你甚至阔气地在筹划着中了 500 万之后你是如何如何地发生质变了……于是，你也学老爸排起了长队。

买了彩票，你不敢捏在手上，把彩票放在贴身的兜里，一路滚烫着回到家中，小心翼翼地将彩票锁进抽屉，生怕煮熟的鸭子飞了。然后，你点燃一支烟，在烟雾云起时，大声地问老爸买了吗，在得到答复之后，又不免飘飘地似乎不经意地抛出句：我也弄了几注，也为国家奉献一点嘛，毕竟受了几十年的教育。

谁知，你老爸一个掌拍在你脖后的肉上，屁话！你以为你是谁，给老子唱高调、摆高姿态。接着，你老爸带你回到了你爷爷的那个年代重温家史。话说那时的东家呀，也不知他有多少钱，总之人家不缺钱，缺的是名声！他缺的也不是什么正经的名声，他缺的是利用名声来弄回更多钱的名声！结果，可苦了你爷爷。唉，往事不堪回首。那个苦呀，你爷受尽了东家的难……然后，老爷子有些后悔地揉着你脖后的肉，正色地教育你：谁怕钱扎手，除非他脑子进水了。

你在心里骂老爷子是小人，是一个不折不扣的小人，是一个爱钱如命的小人。其实，你也想过老爷子所想过的，只是你不说出来，你怕说出来被人笑话，怕愧对受过高等教育的名分！小人，是的，小人，你说自己也是个小人。小人有什么不好的？你用你小人之心度君子之腹，结果发现天下居然没了君子！

熬到了开奖的时刻。第一个彩球跳出，你有！你的心一紧。第二个彩球跳出，你有！你的心又紧了一下。第三个彩球跳出，你还有！你呆了似的不敢动。第四个彩球跳出，你还有！你自测你的血压突破 200 大关了。可惜，后头的几个彩球太不争气，让你与大奖失之交臂。你在懊悔之余，又为自己开脱：中大奖比一天被车撞几次还难，我能那么背运吗？还未想开，又念起自己中了个末等奖，可得 5 元。买了 2 注，花去 4 元，中了 5 元。你发现：自己赚了 1 块钱！好，万里长征刚走完第一步，还得接着买。

当了彩民的你，不知不觉地爱上了醒着做梦……

球迷

阳光很亮的日子，你被朋友拉去看球。在看球的过程中，或许你生命里有什么被唤醒，你又沉不住气，把那冲动传递给别人，你的冲动又扯动别人的灵感，再牵动了许多人的思想。于是，有人便称你不是一般人，至少是副部级的球迷。听了这话，你心里却犯起虚来，弄不懂自己够不够球迷的格；随之，关于你作为副部级球迷的各类版本便荣登好事者舌根演义风行榜之首。这话反馈到你的耳朵里，你纳闷：这是我说的吗？你忽然害怕起来，向周围人努力坦白。结果，连你最好的朋友也半是认真地责备：不要翘尾巴！叫你球迷，又不是叫你贪污犯，况且也享受不到副部级待遇，有什么好怕的？

夜里睡觉时，老婆嫌你烙饼似的把点热气全翻跑了，一生气自个儿睡了沙发。就在你想的头疼时，温柔贤惠的嫦娥下凡帮你理出这样的轮廓：这是太平盛世，是造就英雄的时代。球迷就球迷吧，你告诫自己：抓住机遇，乘胜前进，争取更大的胜利。你自信自己不笨，有能力从胜利走向辉煌。第二天，你对老婆说：每天早晨送儿子上学的事，我包了！结果，儿子纳闷了很久：爸爸为什么不问我的成绩，而像小伙伴似的与我交流，到底是请洋教练好还是本土教练好？一天夜里，你老婆睡着睡着，突然拥被而泣，控诉你坏了良心，质问你是不是养了情人，为什么这段时间不主动理她。你耐心地解释：我现在是球迷了，人家都说我行，你也要支持我。并信誓旦旦地对月发誓，结果话未出口，误会消除了，老婆便堵住了球迷同志的嘴。次日午后，老婆绽着桃花般的笑，眸子里流着恋爱时的光，让你猜她要送你什么礼物。你抓耳挠腮，猜了五次错了两双半。当老婆把一本崭新的《球迷最新实用手册》和几份新出的足球类报纸递到你手中时，你便有了不同于看球时的冲动。

你成了球迷，而且是副部级的球迷，又有妻子和儿子的支持，你便觉着自己是这世上最幸福的人了。你宣布，工作、家庭和足球是你的人生三大支柱，而足球是最革命、最活跃的动力支柱。自从你有了这个意识之后，你对工作充满了热情，你对生活充满了信心。你不是太贪婪的人，自信给点阳光就会灿烂。单位里，一位平日与人见面连招呼也懒得打的头儿，居然三顾你的陋室与你透彻地交流足球观感；许多原先不熟悉你的同事，也纷纷将最热情的面孔推销给你；自然，久违的先进个人的桂冠也幸运地落在你的头上。老婆还四处说你成了球迷之后的各种喜人变化；儿子也在你的带动下，勇敢地争得了学校足球队的主力。

你不仅亲临赛场为自己的球队山呼加油，而且花费更多的时间和精力思考球迷、足球的定位与走向问题。朋友们都说你成了名人，从当地报纸的绿茵版上，他们可以看到你每天的思考都在前进着。而且，你有意无意地有了威望和社会影响力：自你指责个别无良球迷将软体炸弹投向客场队员之后，下一个主场比赛变得秩序井然，文明得令微服私访的足协官员也不敢相信是真的，咬了下手指感觉到疼之后，才开始赞不绝口；你说爱一个人就让他当球迷，恨一个人也让他当球迷，结果许多家庭在主场赛事时，都买了夫妻票，连法官也奇怪：为什么闹离婚的一下子少了？你说足球要从娃娃抓起，结果贝利和马拉多纳的头像张贴画被众多青少年抢购一空，有企业自愿出资轰轰烈烈地搞了场少儿足球巡回赛来回报社会。不仅仅是这些，许多刚开始看球的人，在去体育场之前必修的功课是：从报上读一下你最新的见地；体育局的官员也在酝酿下届球迷协会改选时，给你留一个重要的位置；就连最吝啬的一个商家也对外宣称，愿出私款圆你出国去看下届世界杯的梦。在你的足球理性思想引导下，在你所处的城市里，人们因谈论足球、成为球迷而荣耀，因不知体育、不是球迷而空虚。你那上了年纪的丈母娘，也央求你弄张主席台的票，并在看球之后，兴致极高地打电话，评价某个球员的身板如何的好，那临门一脚时，腿就不像腿，跟一把拉长了的弓似的；并低声问你：能否借你的面子，同那球员合个影，代替房间里梵·高那朵老也开不败的《向日葵》。

在别人眼里，你一下子荣光无限。和你同胡同的胡大爷就告诉我，他很后悔，在你小时不该骂你没出息，称自己真是老眼昏花，还托我帮他打圆场，让你不要记仇，看在老街坊的面子上，跟球队的老板说说，让他的孙子也在那草坪上撒回野。你的老婆也不止一次地来我家，向我和我爱人诉说名人的苦：说你太忙了，许多不领工资的事把你的时间和金钱都偷走了。别的不说，光你家的沙发套，平均两天得洗一次，结果三个月换了五套；还说，幸好你家装的是防盗门，不然木门怕是板都要被敲出个洞来；称她和你在二人世界待的时间越来越少了；说你儿子求解一个方程式，往往刚求出一两步，就被来访者打断了解题思路；说你家电脑上的帖子满天飞、电话铃整天在响、门铃都被摁哑了好几个……她说：你也变懒了，已经三个月没有换过煤气罐了，四个月没上街买过菜了，五个月没送孩子上学了，六个星期没去看老丈母娘了，七天没洗澡了，只是今年的那八场球赛一场也没落过。她在啜了口花茶之后，不无恶毒地说："我算看透了，球迷是个 ×！"片刻沉默之后，又骂起自己怎么能有这么世俗的认识呢，抱怨自己头发长见识短，还说她很为难也很矛盾。

这时，正好那轮白得发亮的月亮从我家的窗口款步而过。我那一直没有说话的妻子，呆呆地看了足有一刻钟，然后喃喃地自语：这月亮，该不是上帝踢的一个足球吧！

一碗扯面

那年秋的某日，我得空闲逛，发现一家名曰“小地方”的饭店，被它的整洁所吸引，遂走进细看。

“哟，您来了？”一位四十开外的中年妇女热情地迎了过来，老熟人般倒茶让座，“想尝点什么？”我不好意思说来瞎转，便顺口说，来碗扯面吧。

三四分钟的工夫，一碗拉得光滑如玉带的面端了上来，面上是细碎的菜，绿绿的开人眼目；旁边有一小撮红红的辣子惹人欢喜地映着菜的绿。说老实话，这碗扯面我吃得真舒服，人间竟有妙法能将平常饭儿做得这般好，这么想着并在心底说，小地方不小，真是山不在高哇。

结账时，妇人只收五元，欢笑地解释说，才开张，保本经营，欢迎今后常来光顾。可后来一直忙于生计，整日奔波，再也无暇去光顾“小地方”。只是听人讲，“小地方”红红火火的，大有让同行关门之意；后来又听说，“小地方”发了，天天吃席的就有好几桌哪！

前不久，鬼使神差地推开一大堆杂务，专程前往“小地方”，想再吃碗扯面。

“小地方”真阔了，先前的木板门换成了铝合金有机钢化玻璃门。只是门上蒙了一层灰，让人不忍再看第二眼。室内也升级豪华了，不过明显零乱了。捡个位还没坐好，便听到一声响：“吃饭的，来开票！”当下心中便有些生气，又不是混吃的，干吗这样，真是的！老天，街上一碗扯面8元，这里要15元，也罢，只要肠胃舒服，15元也值。

“小姐，麻烦把这擦一下吧！”说良心话，桌上的油垢至少两个月没擦了。不知多少时间后，我要的扯面姗姗来迟。面条粗糙得很，像长了青春痘的小姑娘，低着头伏在碗中央，上面乱扔了根切也没切的上海青，酱油天女散花般溅了整个面顶。我吃了几口，就不想再吃了，不是我不饿，而是我没有了胃口。真的，我没有再吃下去的胃口了。

出门的一刹那，我听见那个发了福的妇人在柜台后哂笑着对人说：“吃扯面的主儿，还穷阔！”

那一刻，我的胃像晕车般难受。我在垃圾桶前呕了好一阵才恢复常态，“小地方”纯粹是个鬼地方，我愤怒地诅咒。

上午，单位业务员老冯来闲谈时说，“小地方”关门了。“早该如此。”

说这话时，我想也没想，好像在说一个和我无关的事物。

不好意思

30年前，你老爸从单位劳人科干事手里接过工资表时，就明白自己已经脱离了祖辈躬耕的土地，成为伟大工人阶级中的一员，不禁心花怒放，回村请了三大桌。30年后，你大学毕业被分到一家万人大企业，从劳人处干部手里接过工资条后，你心沉得厉害，熬了十几年就为了这张纸？！街坊知道你当了工人，都私下哂笑，这年头干什么不好，偏偏去当什么工人，你爸的苦还需你再受？也不知你们父子是咋想的。这话传到你耳朵里，你每天天不亮就去上班，你怕天亮了再去听到他人议论，不好意思。

内向的小赵，在一次喝得略高后，给我们讲起了他的初恋。话说17岁时，他爱上班里的团支书，上课时怎么也听不进老师讲的课，一门心思地偷想他的“白雪公主”，发誓这辈子非团支书不娶。正当他被爱火烧得快焚时，一件小事粉碎了少年的玫瑰梦。某个夜晚，他和团支书坐在教室外台子上看月亮，就在他陶醉在幸福中时，团支书“嗵——”的一声放了个大响屁，将他的少年心事崩到了爪哇岛，他当时就不无纳闷地说：原来你也会放屁呀。大伙听至此哄笑，略带醉意的小高红着脸也笑了，真是不好意思。

在一个无所事事的下午，你逛街发现世风每况愈下，竟然有人公然挂牌云小巷X号“售童男女”。你气愤之极，急拨110报警，数分钟后警灯闪烁而至，众民警搜查后，哭笑不得地对你说：X号是新开的纸扎店。你只好连赔不是，那一刻你骂自己：多管闲事，骚情未遂，实在不好意思。

你很荣幸能代表单位出趟公差，在填旅客登记卡时，你在身份一栏写下“干部”二字，服务台小姐左看看、右瞧瞧，一脸狐疑。你忙低头，看是否又发生扣错扣子的错误。结果，直率的小姐说，你这干部怎么这么瘦、这么黑？你解释说，自己是一般干部，不是领导干部。小姐怀疑得更狠了，她低头跟另一个服务员说：听说过老板有大老板小老板，没听说过干部也有一般和不一般之分呀！这年头，假冒的真多！你只好硬着头皮，不好意思地拉上行李上楼住宿。

想钱想得凶了，你便寻思拉拉广告、写写文章什么的，于是要印盒名片。打印社小姐讲印双面的吧，只多收五块钱。想想也是，可背面印什么呢？参考一个老板的名片样式，你让印上“经营范围：广告策划、文面设计”等字。小样出来后，又觉单薄，便又添了一行小字：“兼营：诗歌、散文、小说”。第二天，在闹市碰见打印小姐，未及招呼，她却拉过同伴，低声道：“这家伙，看起来斯斯文文的，其实是写黄色小说的。”同伴惊问：“真的？”“我还骗你，昨天他来印名片，说是经营小说的。真是知人知面不知心哪。”说罢，二人疾走。望着她俩远去的身影，你只有不好意思地叹了口气，接着走路。

某段日子，你正恼于所写文字无人要，夜里便梦见自己成名了，所写文字火爆异常。次日晨，果然收到某名人辞书编撰中心函，讲你已名闻天下，同意入选辞书，同时配刊个人照片、简历、作品等，只是需交纳人民币若干做费用。你知道，这又是哪位善心的老兄在吹捧之后，极不好意思地把手伸向你干瘪的腰包摸索着要掏什么。你想对那手说，不好意思，若能摸出个硬货来，我还用的着受这苦吗？

对门二狗初中未毕业便折腾着联系车皮贩煤，这几年穷得只剩下钱了。为显示精神上的富有，他花了50万元钱把办公室装修一新，还买了考究的红木书橱，摆上中外文学名著，俨然学者的文化居处。某日，其妻进家具城见有玉雕的维纳斯像，便花3000元购回放在书橱中间。心想，这下二狗不会骂她没文化了。不料，二狗见后，连骂其妻十足的白痴，小学六年所学都喂狗了，买个女人像还没胳膊……邻家妇人讲罢此事，问你这当作家的，可有这般谱？你苦笑着不能作答，只是再不好意思整天钻在书堆间，写那些没地方发表的什么散文了。

日子

一

花蕾被浅浅的风濯洗得浑身发痒，用力张开小嘴呼喊。春买了张站票，挤进了小阿妹的眼睛。归燕的剪刀，几下就剪出鹅黄的丝绦。大片大片的草，钻出地面咬痛碎花裤管。

两只调皮的蝴蝶大大方方地坐在我肩头。

二

我在一只蝉的鸣叫中碰见了你。夜晚，星星眨着眼听青蛙叫热。树梢上挂满了干旱的眼睛。天空感动得滂沱泪下如雨。

大自然一个猛子扎进水里。

阿波家可爱的小公鸡追着去啄那条虹。

三

是谁？

一点点地收回季节的赠礼，装进一个看不见的袋子。五彩缤纷的色彩也被饥饿的西风揉烂，吃掉。看果园的那位老人眯着眼巡视，大口大口地抽着烟。

四

雪花舔燃了炉火。半壶年初的酒摇晃着要出来。喝一口，春夏秋；春夏秋，喝一口。噼里啪啦，爆竹闻到了香味，抢闹着要喝。

经年的门窗为爆竹羞红了脸。

第三辑　天地大美

雁荡寻梦

梦是什么？是一种思想的流动吗？是一种精神的寄托吗？我不得而知。

然而，在故乡的雁荡山，我真正寻到了一个又一个平常却无法想象的梦。

青石小道

不知道是从哪一天开始，这条条的山石小道就忠贞不贰地伏在雁荡山宽阔的胸膛上，谛听母亲心跳的声响。

七拐八弯的山石小道像七拐八弯的人生一样，永远是光滑难行的，永远让人时时小心，处处留意。否则，就会跌倒。其实，踏在它脊梁上的行人，不一定人人都懂这个道理。

无言的山石是明白的，它把自己的话向风向山诉说。可是，我听不懂山石的话。今天，我这自远方漂泊而归的游子，走在故乡这条幽深的山石小道上，全身心都弥漫着一种说不透的情绪，我慢慢地走着，细细地呼吸着雁荡山的空气。

忽然，我好像听见了谁的呼唤，轻轻的，轻轻的声音。原来，是从脚下的山石间传来的。于是，我驻足细听，只有雁荡的山风在耳边掠过，空旷的山谷因鸣蝉的叫声而更显幽静。

我知道，自己又在做梦了，真的，最美的梦总是在故乡，在故乡的石头里。真的，曹雪芹老先生可以替我作证。

竹

雁荡山是竹的世界，竹是雁荡山的宠儿。

以竹为主角的故事，说也说不完。沿着弯曲的石板路，每一株竹子都是虚心的，节节向上的。竹子像我心中的女神那样轻盈可爱，不时在风爷爷的诱引下，偷偷地将玉指在我的身上、脸上抚摸一下。

竹在阳光的照耀下，闪烁着充满希望、富有生气的双眼，专注地、深情地望着我这自远方归来的游子。

不要走，不要走，这是哪一株竹子在将我深情地挽留。太阳不见了，竹的眼里蓄满了一湖的泪，涟漪不断。把我少年的心，留在那一泓湖水里，放舟。

溪水

一道古典的溪水，自石缝间隙喷涌而出。

在山风的吴侬软语的相劝下，山石肥硕的臂膀上，溪水像好学的孩子那样，大声发出读诗读文的朗诵声。听到这声音，睡着的雁荡山便醒了。

一座连绵的雁荡山，静静地卧在那里，像一部厚厚的书，被溪水线装着，等着人们去读。只有溪水，不知疲倦地绕过风花雪月的吟唱，勇敢而自信地向前流淌。

溪水，湿漉漉地委身在雁荡的肌体间，像血液委身于人体。只是，这溪水在漫过唐诗宋词，浸过徐霞客的游记后，便开始在高高低低的山石间长长短短地舞动了，叮咚着古意的芬芳。

溪水，如流动的脚步，成为一幅素朴的水墨，守着这方蔚蓝的天空、清丽的树影，永远灿烂着雁荡的容颜。

秋天意象

一

一枚果子从肥厚的叶片间探出脑袋，微凉的风轻梳着她的秀发，红彤彤的晕羞透了整个山地。

青春般按捺不住的热情，在枝头荡动。

月上树梢时，我听见果实窃窃相约，要一道去看山外的世界。

二

那个还没有来得及回忆的暑假，像兔子的尾巴一样，总是太短太短。邻家阿妹悄悄地整理衣褶，把夏天里最后的几朵小花别在上面；书包被一大群菊叶深情地咬住，咬得一丝一缕的尽是绿，尽是希望。

三

父亲站在玉米地里，玉米秸秆上那随风摇摆的红缨缨杆头旗帜般接受着父亲的注目礼。嚓、嚓——肥肥壮壮的棒子争先恐后地跳进柳条篮儿，拥挤着去寻找新的生活。先带谁去呢？红红绿绿的早就挤满了双眼。

四

果子是秋天的眼睛，小花是秋天的耳朵，西风是秋天的脚步。

其实，果子、小花、西风是一条组合的拉链，把秋天装在袋子里，准备去冬眠。

别急，还会再来吗？

淘气的小弟弟拉着秋的手，眼底写满了秋天的小诗，亮晶晶的要往下落。

谁把春天吵醒了

风顺着山坡呼呼地叫，电线在空中唱了一夜。

天亮后，风累得睡着了，远山雾蒙蒙的，像谁家懒媳妇没洗净的尿布。正午时分，天悠悠地落起了雪。村里的老爷爷还没抽完两袋烟呢，地上的雪就盖严了土。他眯着眼望了一阵天后自语，天冷了，地里啥活也干不成了，都到腊月脚面子上了，总算下了场雪，也该歇息歇息，收拾收拾，好好过个年了。

村里人是最讲传统的，尤其是在过年这样的一年里最大的事情上。立冬一过，大人们就张罗着准备柴火木炭，蒸米酒，榨菜籽油，晒酱油鸡、酱油鸭、酱油肉，做好过年米果等。而我们这些做孩子的，就掐着指头等过年了，“小孩小孩你别馋，过了腊八就是年”。从腊八起，年味就浓了，连空气中飘着的油烟也厚了。

穿新衣

黄昏，我紧偎在母亲身边，从腊月初一开始，一天一天地数："二十三，祭灶饼儿""二十四，扫房子""二十八，去杀鸭"……

姐姐笑我是馋猫一个，哪里是在数，分明是在唱心里的歌呀。

唱就唱吧，谁让我那么盼过年呢。"新年到，好热闹，穿新衣，戴花帽"，有时，我唱着唱着就去见周公了。醒来，看见豆灯下母亲钉完最后一颗纽扣，用牙轻轻咬断线头，在空中把新衣展开给我看，再细心地叠好，放在我的枕边，我这才闭上困倦的眼睛，嘴角挂着满意的微笑，又去寻周公玩了。

母亲没上过几天学，却做得一手巧针线。村里谁家要做衣裳了，一般都上集市扯块新布拿来请她裁剪。我最为自豪的是，母亲会做蜡染的花布。染花布时，我跟在母亲屁股后，看她用线绳把粗布一小团一小团包好扎结实，放在上好色料的器皿里。十多分钟的样子，把布料捞起，投进清水漂一会儿，捞起再将绑着的布团打开，花形就出来了，有兔子、蝴蝶，还有小鸟和花朵什么的。穿一身这样的新衣服，我像蝴蝶一样满天飞，惹得其他小伙伴老流口水，羡慕我有一身漂亮的衣服。就连平时不太理我的妞妞，那些天也爱缠着我一起玩。

烫年猪

一阵猪的号叫声，惊得我心跳加速，也打破了正午的宁静。这声音，让人战栗，又让人感到热乎乎的。

顺着叫声，我跑到村头的空房，里面已经挤满了人，一口大锅里热腾腾的开水正冒着气泡。招弟家那头黑毛大猪挣脱了缰绳，气得呼哧呼哧地喷着粗气，在大人的腿之间乱窜。大人们这个在后面撵着，那个踩住了绳子，其他人立马扑上去按住，好一阵才用绳子绑了个结实，费力地把猪抬着再次按在案板上。“噗嗤”声响过后，一尺多长的刀在老权叔手中只剩下刀柄了，只见他手腕快速地转了几转，那刀就从猪屁股上长了出来，一股股鲜血淌着热气冒着泡，心急火燎地流进案板下的脸盆里。猪血粉条炖酸菜，是一道让人解馋的好菜。

“一、二、三”，人影晃动、人声鼎沸间，大人们合力把猪扔进开水锅，一团白色的水汽升腾成一只大蘑菇。烫年猪开始了，人们这才踩着带血的红水围上前，看老权叔熟练地开膛破肚，高声议论着猪的肥厚。做完杀猪这样的力气活后，男人们就在一旁抽烟了，招弟妈招呼着几个大婶麻利地处理着翻肠子、拔毛这样的琐碎事。

把预备扛到集市上卖的半只猪包裹好后，招弟爸把另一半切成大块，放在自家大缸里，庄重地撒上盐。板油一般都炼成熟油，放凉后装满满一坛子，放到年后慢慢享用。油快炼完时，招弟妈忙不迭地招呼人：“吃油渣喽！”新出锅的油渣那个香呀，我用文字说不清楚，只有肠子和胃最知道。

祭灶王

腊月二十三，要办的一件大事是祭灶王。在锅灶上方，贴有灶王爷的木刻版画像，经过一年的烟熏火燎，灶王爷的形象变得像烧炭窑的了。这一天，即便家境再穷的人家，也要换上张新画像，贴那副传了上千年的对联：“上天言好事，下界报吉祥”。母亲在灶头摆上水果、米糖，全家老小一起祈福。母亲把一个巴掌大小但很逼真的稻草人放到炉膛里烧掉，说是送他上天给灶王爷汇报过去一年的工作，之后再平平安安地回到我家，福佑全家来年有饭吃不饿肚子。

这一天，家家都要特意吃一顿午饭，专门吃长面条，说是给灶王爷刷胡子哩。要是把灶王爷给刷高兴了，他上天后就会向玉皇大帝光言人间的好事，来年下凡时就会带回快乐和吉祥。我们雁荡山一带的人们把这一天叫小年，把过这一天叫过小年。从这一天开始，年味就真的浓了。

腊月二十四，全家上下齐动员，主要是搞好室内外环境卫生。

大年三十到了。上午，父母和姐姐再次打扫以厨房为主的室内外卫生，我和弟弟则忙着贴新春联，什么“天增岁月人增寿、春满乾坤福满门”“迎春纳福”“紫气东来”，等等。贴完大门贴二门，贴完二门贴偏门，贴完偏门贴鸡舍，贴完对联后，接着往四壁贴年画，有鲤鱼跳龙门，有武松打虎，也有明星头像，花花绿绿的，家里一下鲜亮起来了。

夜幕完全降临，到吃年夜饭的时候了。吃饭前，家家都要放一挂长鞭炮，被相继点醒的纸灯笼映红了家家的院楼。然后是吃年夜饭，大家觥筹交错，欢声笑语，其乐融融。晚饭后，余下的饭菜要放回锅里的蒸屉上，绝不像平常那样让锅空着。全家老小换上新衣服，在锅灶前边吃小吃边“守夜”，灶膛前的火烧得旺旺的。老家有讲究，三十晚上的火，十五晚上的灯，必须烧得旺旺、点得亮亮的。

开财门

守夜没多长时间，弟弟就瞌睡了，接着母亲和姐姐也先后睡了。

父亲和我，天一句地一句地扯着闲话。父亲说，新的一年来了，谁家的财门开得早，“开门炮”响得早，谁家的福气就多。家乡人把正门看作财门，大年初一开财门，也是过年最隆重的事情之一。父亲还说，这些话是爷爷说给他的。人活一辈子，一定要把祖上立的规矩传给后人。不然，没了规矩，天下肯定要乱。

子夜到了，远远地，听见邻人有响“开门炮”的了。父亲霍地站了起来，在院子里点燃了鞭炮，让我举着点燃鞭炮的竹竿快步打开柴门，走到院子外面，大大方方地响我们家的“开门炮”。噼噼啪啪，噼噼啪啪，起初是两三家的“开门炮”在响，很快就有很多家的“开门炮”跟着噼噼啪啪地响。不一会儿，“开门炮”声此起彼伏，我已分不清是本村的还是邻村的。浓浓的火药味中，新的一天开始了，轻松悠闲的正月天正式登场了。

弟弟被鞭炮声震醒了，一骨碌爬起来很兴奋地责问父亲：不是说好了，今年的财门让我来开的吗？都大一岁了，怎么还和小孩那样，说话不算话？

大年初一给长辈拜年，除了父母、祖父母，还需到族里近亲远戚家中，三公四奶、五叔六姨的，一个都不能落下。拜年是孩子们最喜欢的，双手作揖恭喜恭喜，红包就塞到了身上。大年初一最受累的，要属刚过门的新媳妇了，她得去认门，亲疏远近一家一家地走，结果是家家户户都让吃一点，这家一点那家一点的，盛情难却，新娘子只好“笑”口常开。

过人七

正月初二，新姑爷要回媳妇娘家拜丈人。带上礼，领上娇妻，一脸虔诚，满腔尊敬到丈人家。丈人看一眼礼物和女儿的穿戴，就晓得女婿家日子的好坏。这一天，多数新女婿会醉。因为，丈人家的老黄酒是不能不喝的，喝得不痛快也是不行的。

初二过罢，各路亲戚朋友就开始互相拜年了，七叔八姑十朋友，你来我往，一直拜到正月十五。亲朋好友走动的礼物，都是自家做的年糕。往往是，你来我往的，你提了年糕送出去，转了一圈，又回到自家手中。

村里有老人说：过大年是给鬼过年。正月的头六天，分别是给鸡、狗、猪、羊、牛、马六种动物过年的，感谢它们辛苦了一年。只有正月初七，才是给人过年。因此，老家人把过正月初六晚叫过人年，把正月初七叫人七。所以，初七这天鞭炮声也响个不停。母亲领着我们，虔诚地端着摆满猪肉、整鸡、整鱼（俗称“三牲”）祭品的托盘，在屋前屋后来回走着祭祀，感谢天神保佑五谷丰登、全家安康，祈求来年风调雨顺、万事如意。人七晚上，要吃“年年高”的年糕，吃“招财进宝”的“八宝饭”；当然，“甜甜蜜蜜”的甜食，也是桌面上少不了的。

吃罢饭，孩子们就开始盼天黑。因为，天黑了，大人们就允许我们点亮灯笼出门逛了。

滚汤圆

我们这些孩子，最盼正月十五快快到来。正月十五一到，全家老小就可以高高兴兴地围在一起滚汤圆啦。

太阳快落山时，我们开始滚汤圆。父亲烧火，母亲炒芝麻、山楂等物什，把芝麻等弄软弄熟后装进盛有冰糖末的钵子，浇上适度的糯米浆拌匀做芯子用。接着烧水，母亲把大面盆搬来，一半搭在锅台上，盆边抵着锅边。挖碗糯米粉倒在面盆里，全家六口人你揉芯子我撒米粉地开始滚汤圆了。芯子在米粉上来回滚，面面滚到，很快就滚成一个圆溜溜的汤圆了。有一回滚汤圆，姐姐笑说我不是滚汤圆，而是滚自己嘞，因为，滚完汤圆我满脸都是糯米粉。母亲教诲我说，读书识字也像滚汤圆一样，把自己的芯子做好了，成绩才能像滚汤圆一样越滚越大。

滚好的汤圆不能放在盆里或筛子上，放下了就会变形，变了形就容易破。托在手掌上也不能太久，时间稍久，芯子就会渗出来粘在手上。所以，汤圆一做好立马就要下锅。烧火也是个技术活儿，锅里的水要刚翻泡却还没沸腾，水温不够汤圆容易粘在一起，水沸腾了汤圆没翻几下就会破。吹开氤氲的水汽，母亲把汤圆下了锅。我们屏住气瞅着锅里，只一两分钟，锅心就又翻泡了，片刻工夫，汤圆就集体向上漂。母亲用笊篱把熟了的汤圆舀上来，分给我们吃。那汤圆透着热，甜滋滋的，才把半个咽到肚子里，甜的感觉就传遍全身，我不由咧嘴笑了。

夜色刚要蒙住雁荡山时，村里就亮了起来。一年一度的南阁村上元灯会拉开了帷幕，春灯万点照古村，千家楼阁高玲珑。有灯谜等你猜，有龙灯绕你舞，有灯展让你投票，牌坊街上火照火，男女老少人看人，到处都是一派喜气洋洋的良辰美景，人人都恨自个儿的眼睛不够用。村里个子最高的章叔感慨，要想一眼看完上元灯会，怕只有住在月宫里的嫦娥娘娘了。

有一年，几位游雁荡山的外国人看了村里的灯会，连翘大拇指惊叹：这里的农民，比我们过狂欢节还狂欢！

崆峒悟道

一

我，来迟矣——

早在我之先，女娲氏补天于斯，广成子修悟圣道于斯，公孙轩辕问道于斯，秦始汉帝登游于斯……等不及我的到来，他们只好或驾云或骑鹤或乘龙去了，且一去不复返。

好在，他们没把这山带走。

好在，一条泾水和一道胭脂河也没被带走。

所以，留于斯的崆峒，只有默默地吸吮着皇天后土的精神，寂寂地任灵气将自己蓄势成黄土高原的一片绿洲，成为这地心上独一无二的私处。

千百年了，许多个千百年过去了。耐心的崆峒山早就生根开花了，她怀着久远的耐性等我的姗姗来迟；并且，老早就备下半湖波光一山秋色，邀我共进晚餐。

二

行走在十月的崆峒，黄蝶纷纷从树的天空中溢出，飞扬着诱惑着人的眼目，旷古的山风软软地潜心入肺；加之，间或传来的几声梵音，人险些醉了，不觉间滑至一种至纯的醉境。

七拐八弯的山路，牵着不听话的脚儿，轻轻地抬，又轻轻地落，仿佛在走一条通向天界的圣途。是人在树间行，还是树在人间动？树原本就是不动的人，人原本就是会动的树。

会落叶，该是树的福气；人也要会抖落心灵的枯叶，让生活轻盈、鲜活、有厚度。

一片五角枫，从天上优雅地响着哨儿，在我的发间动。这叶儿是我呢，还是我是这叶儿？

是谁？

伏在树梢尖上，无声地问。

三

在崆峒至高处香山寺烧罢高香，热情的秋阳暖暖地将我抱了个结实。

阳光、阳光，你是想让我做一个赤子吗？让我赤裸裸地与你相拥，让我赤裸裸地与崆峒相抱吗？

崆峒不语。

绕在山脚的泾水晃了几晃，亮亮地在抖，似几尾鱼儿在游。

上善若水。水至柔，水至刚，水至静。水以容为大，滋养万物又不图回报。

山与水相伴，水与山相随。这佛道共存、别有洞天。

四

返回长安城时，我在车子摇摇晃晃间读了段掌故，始知崆峒之所以崆峒，皆因：广成子借翻天印的仙气，把崆峒山与五岳的天经连上了；赤松子驾元鹤把华山、峨眉、昆仑三山的地脉与崆峒山相结。上连天经下结地脉，怨不得崆峒空灵十足。

我去崆峒，显然迟了，不能也无法问道了，只好用心去悟道。

那么，平凡如我辈，该如何上连天经下结地脉呢？

这或许是崆峒山留与迟来者要悟的道吧！

车还在前行，人竟迷瞪了。

迷瞪就迷瞪吧。毕竟，车前一步，距崆峒就远了一步。又要踏上滚滚红尘了；还是，混混沌沌着重返滚滚红尘的好。

阿弥陀佛！无量天尊！

南行断章

羊城

还未来得及打招呼，热情的广州便把春的入场券塞进我的手心。我想，北国的此刻也许高原劲风正裹挟着团雪飞舞，而南国广州却忙着推销春装。这活泼好动的前卫，干什么都跑到前面。

春情飘逸、春意流淌的广州，将我所有过冬的计划都击碎，让我强烈感受春日暖阳的沐浴。

一座座高楼大厦，在我来回走动的路旁拔地而起，像发育成熟少女的第二特征，凸起诱人的曲线。

我踏着珠江的浪花离去了，让我在水中央再回首，做一个美丽的梦吧。梦中，那五只肥羊正向我跑来。

鮀岛

是谁，一不小心就在广阔的南海边遗下这枚明珠。无边的海浪簇拥着美丽的鮀岛，就像簇拥着童话里的公主。

某天清晨，昏睡许久的鮀岛打着哈欠，伸了个懒腰，苏醒了，干脆一下子打开随身带着的百宝箱，把那些外人所不知的珠贝一一展示在世人面前，晾晒自己的梦。

在鮀岛上，我听见鸟儿在我额头，一下下地啄食汗粒儿；我看到绿色的叶片，在柔风的相邀下不停地跳着现代舞。我把目光久久地锁定鮀岛的一隅，不停地观赏着迷人的景色，大口大口贪婪地呼吸海的气息……

当我极不情愿地被时间撵着回返时，我不知道，这美丽的鮀岛可会记得我曾来过。

可我，是会记得鮀岛的，就像上岸后的水手，还会在梦中细细品味那挥也挥不去的海之味。

华山观日出

夜里十一点多，我们从北峰开始向东峰朝阳台缓行。许是夜色保护的缘故吧，爬上那段闻名天下的苍龙岭，我也没觉着有多惊险。但到了云梯前，四周黑压压的站满了游人，待排队轮到时，定睛向下瞅了眼四周黑乎乎的悬崖，心一下子提到了嗓子眼。紧咬牙关、紧拉铁链、紧蹬坑窝，静神缓气着总算爬上来了。人是上了山，但腿肚子还在颤。

小小的朝阳台上，挤严了观日出的人们，夜风吹着响哨，从松涛林海中呼啸而来，有准备的人连忙拧开小瓶装的二锅头，咕咚咕咚猛灌几大口。好容易才从人群的缝隙中觅得一点可以容身的空地，一伙同行者遂大喜团坐。不曾想，一坐下就焊住了，再也没法移动了，人与人拥挤着，把小小的朝阳台盖了个满，连针也难插进。不多久，发困的腿脚在喊难受，血仿佛凝固成块不再流动了，只好下意识地捶捶大腿，不敢入睡，却闭目蓄神听山风的呼叫。

不期，有人喊："太阳出来了！"全台的人都动了，哗哗啦啦一阵乱响后，所有的人齐刷刷地面东而望，依旧是黑乎乎的夜。大呼上当再坐下，才发觉有限的位子愈发可怜了。反应快的人大叫中计了，被人声东击西抢去了宝座，惹得笑声满山充盈开去。看表，才夜里三点多。“太阳最早也得五点才能出来呢！”旁边简易帐篷中租大衣的小伙，以权威的口气十分肯定地说。经过这番折腾，夜幕中的朝阳台活了。尽管人们依旧蜷缩着，或蹲或坐挤在一起，但却兴致勃勃地交流起心目中日出时的壮观场景来。

未到五点时，有人开始向东移动，寻找观日的最佳位置，后来越来越多的人拥着挤着面东而去。“不敢挤了，铁链子都进到我的肠子里了。”前排的人被挤得无奈，幽默地高喊。但这次呼喊却无人响应，人们定定地盯着东方那片黑暗，似乎有些许的亮在动，又不很分明。人们屏息张望，静得可以听见自个儿的心跳。不知过了多长时间，在双腿发麻、精神发怵时，忽然地平线上喷出了少而又少的霞光，渐渐地大了，成为条状的云霞，在黑的背景上发着淡青的，又似橙黄的，还像橘红或绀紫色的光，极慢地，一点一点地长起来，好像有意和苦等的人开玩笑。

持续了十多分钟后，那光带又成了红色的云条，不，更像一片红色的海洋。“那是东海呀！”有人说，“我在泰山看日出，也看见过东海的。”暗红色的光极争气地在亮着生长，悄然向上舒展筋骨，默然地远离着夜空，映得东方一片红光，尽管下面还是无边的黑夜。不大一会儿，也许只有一两分钟，淡蓝的晨光便幻化成了亮蓝的光晕，丝丝缕缕地向外伸张着。正在这时，猛地从云霞中透出道道金色的光线，纤细如手心的脉纹，金光后隐约着有团橙红的大圆在努力地抗争着，极艰难又极顽强地抗争着。飞快地，有一道光箭般射出，继而又有许多光条纷纷辉映着熔亮的圆，发出火的光芒。在云海涌动相互撞击之中，太阳如啄破壳的幼鸡样一下子脱颖而出。须臾间，整个朝阳台被团祥红包围，我看见同伴的脸是红的，身影是红的，连铁链也红着荡出吉祥来。很快，那些光条消散了，大片大片耀人眼目的光，堂而皇之地簇拥着好不容易也鲜艳无比的朝阳在东方笑了，像孩子幸福的笑脸那般动人。

“真是的，爬了一夜的山路，日出却这么的快。”同伴边抱怨边自我安慰，“壮观中孕育着苦难，苦难中又深藏着战胜自然后的大欢喜。”“对呀，对呀。”我赞许着，心想这一夜山路没白爬，这一夜苦等没白费。这么想着，一夜的疲劳早就没影了。

涛声

在人文始祖像前续上三炷香，燃着两只烛，将头响叩三下后，我开始向桥山上的黄帝陵靠近。

司马迁在《史记》中说，黄帝骑龙升天成仙，遗于世唯有衣冠。所以，黄帝陵其实是衣冠冢。但华夏儿女心目中的黄帝却不仅仅是那些衣冠，更是一位知己知彼的军事家，是掌击猛熊的力士，是结束争乱的圣明。爬行在静谧的柏坡，阳光从扁叶的隙缝间踩上一个又一个、大小不一却无比俏皮的脚印。身后的喧嚣渐走渐远，山的宁静一步步地浓重，静穆之气从口中、从鼻间侵入骨髓，这样的气氛很利于人的静心幽思。这静柏山上供的是携揣黄帝气息的衣冠，是有灵性的。不愿去惊扰那千古长眠的清梦，我信步穿行在这柏浪尖间。很是奇怪，这片柏的海洋是怎么生在陕北黄土高原的？为什么桥山的四周全是荒山秃岭？置身桥山柏海，我听见山的呼吸、山的拂动、山的作答。只是，一介俗子的我，无法知晓山对我说的话。

明明是穿行在偌大的柏林，我却固执地觉得是在无垠的海边漫步！

我看见，海在起伏、跳跃着前进，巨大的潮汐裹挟着古柏的荃香味儿，和着初夏野草的清馨，似一浪绿色的雾雨，不容反抗地透进我的七窍，心早已无法自控地醉了，醉倒在这浪遏飞舟的感觉里。午后的阳光锁定苍茫的宇宙，叫人宁神静气地沉浸在晶莹欲滴的海里，无意做起童话中的龙人。

脚下那株纤草分明动了一下，是风。捉摸不定的风加快了步伐，柏树们全部做出战栗状，一株株、一行行、一片片地沿着叶尖响起肃然的涛声。劲风加快了柏涛的旋律，心也险些飞越胸腔，唯有老老实实惊诧于这海的咆哮，做这涛声不屈的奴隶。柏涛极迅速地爬上树干，没过树梢，顺过叶尖，掠过祭台，在桥山立体的海上制造出惊天动地的海啸，将无形变成有形，这当儿，万籁齐鸣，野草招摇，魁柏呼风，古钟长嘶，青龙吐音，好一段摄人心魄的古韵壮景。远望山下，沮水也似受感应，呜咽奔涌；细看身旁一株夹石柏，窸窣着在行动。刹那间，时光倒逆到蛮荒时代。

想这桥山，自民族始祖长眠后，有多少人来此祭祖，他们可曾听过这涛声？这涛声可是千百年前响过的那次吗？若非，这涛声怎会如此惊人？约半小时后，柏涛渐渐慢了。涛声，原本是古老的山向世界发出的呼号，却在风的劝引下发泄一回心中的豪气。之后，群柏静然穆立，卫士般保卫坦然长眠的始祖，只有信徒击钟的金属锐声，在高原上空久久流荡。

我长久地陷入涛的洗礼之中。不知何时，阳光的手又拨开针叶，但见一束阳光照射下的石间竟长出幼柏来。此柏见光就长，见风就大，又幻化成人，正襟危坐，神情庄严静穆，入定高僧样无悲无喜，面朝早已化作泥土的衣冠冢独自参悟。不觉间，我竟不知我是这柏树，还是这柏树是我了。

青山绿水走高新

西高新的青山绿水，原来这么令人向往。

一进三星城地界，车窗外的绿，一团一团的更浓了。沿柏油路曲折前进，很快就到了洨河生态公园。虽然太阳直射着，但地温还不算高，有小风拂来草的清香，不知名的虫儿在耳边嗯啊嗯啊地叫个不停，一层层的绿色顺着大路漫向远方。这样的场景，让人在不知不觉间很容易和天地融为一体。

初夏的晴空湛蓝无比，犹似微波涟漪的海。站在洨河边，举目望去，远处的终南山清晰可见，群峰一字排开，庇护着美好的家园。脚下，河水如带轻盈流淌，碧草和芦苇染翠了河水，黄的、白的、红的野花盛开在透明的空气里。河岸上的人们，个个不说话，按捺住各自的心跳，不约而同地做着同一个动作，使劲地吸气、呼气，又使劲地吸气、呼气，周而复始不亦乐乎，都贪婪地想把这新鲜的、带点甜味的空气，往自己的身体里多装点。

“快看——，有野鸭子！”有人突然叫了起来，顺着他手指的方向，大家果然看到了好几只野鸭子。在一只头鸭的带领下，三五只小鸭子仰着小脑袋奋力滑行，保持着几乎相等的间距，犹如一支巡河的护卫队。被野鸭子吵醒的洨河，水色茫茫，艾叶清香。此情此景，使人感到格外神清气爽。

“再看西边，是白鹭啊！”又有人有了新的发现，两只展开双翅的白鹭在戏水，右边那只体态大一些的，心思全不在自己身上，围着、顾着左边的那只白鹭，不时地用长长的喙，在对方的身上，满怀爱意地撩那么一下。站在河岸上，我们自然是无法探知白鹭的情语，但两只白鹭欢悦的情景，还是深深地感动了我们。

“我们人类已经占据了地球的很多资源，应该给这些可爱的朋友们多留一点儿空间。”一个老人感慨。

“是的，是的，人类可以慢一下，尽可能地把更多的朋友都叫上……”一个戴石质墨镜的大哥接话。

“几年前，这里不是这样的！那时候，河水是红色的，河里头连草都没有！”一个穿着精干工装的大姐解释着，“我是知道的，为恢复这一片生态，高新区管委会没少出力……”

在偌大的洨河生态公园走了一圈，我发现：没有谁去摘取一朵小花，也没有谁去捕捉一条游动的小鱼。在寸土寸金的西安高新区，能守住这样一方青山绿水，真好！

我们要像关心生存发展那样，像关心创新创业那样，关心那些看似很纤弱的小草，关心那些并不丰硕的小河。我们要让小草在太阳下成长，让劲风听河水歌唱，让我们自己在欢笑中迎来久违的鸟儿。如果没有它们，我们的家园也许早已变成干涸的盐池。上下五千年，人类世代繁衍生息，只有得到青山绿水的滋养，人的心才能安定下来，日子才会安静悠然地越过越好。

这样的地方，是多么美好呀！

这样的地方，才是大自然本来的模样！

一棵小草也罢，一朵花儿也罢，一只小鸟也罢，作为地球的精灵，它们本来就有权利这么自由幸福地生存。结缘在这样的地方，有太多的生命的种子，正待发芽、生长、开花、结果。站立在这样的地方，有太多的生命的况味感受要表达，思考现实、畅想未来……

外地人来了，高新人都爱带着朋友，到汶河生态公园这个“会客厅”来走一走、看一看。高新人说，这里的青山绿水，是我们待客最好的礼物。朋友们看后，都不无遗憾地笑道：我们只能把身体带回去，却把我们的心留在了这里。

延安散记

郁闷得久了，日子便会生出老绿的苔藓。人的感觉仿佛老化的机器，虽艰难而生涩地在转，却失去了先前的鲜活与蓬勃。

季春时节，得知团委将组织去延安参观的消息之后，便不假思索地报名要求前往。去延安，一则了却多年的心愿，到老一代当年战斗、生活过的热土上走走看看；二则让积淀的心褪去世俗的垢壳，吸纳些圣地的灵气，再度变得鲜活和顽强。

于是，便有了初夏时节的延安之行。

于是，便有了这粗粗浅淡的文字。

转折点

汽车驶出郁郁苍苍、曲曲折折的黄龙山后，因失去了林丛的遮挡，阳光透过窗玻璃，精灵般调皮地在人的衣上、脸上、发上，泼墨般做着它小小的山水画。

车行数十分钟后，停在了洛川会议旧址处。这是中国革命的一个转折点，由此中国抗日战争进入新阶段，教科书上这样告诉我。在会场的窑洞里，我久久伫立。狭小的空间，简陋的桌椅，昏暗的豆油灯，历史把这一切沉重而牢固地定格了。洛川会议旧址的标志物刺槐缄默不语，鹰样张着两株茂盛的枝干直刺蓝天。

英灵之光

有人说，人体是个磁场，是可以放光的，光的大小强弱因人而异。据说，物理学可以解释这个理论。

走进延安革命纪念馆时，我突然莫名其妙地想起这些子虚乌有的话来。仰望铜像，我打心眼里佩服制作者的高明：毛泽东双手叉腰，目光远大地望着长城内外的山水，延河畔的风吹卷了衣服的下摆，吹皱了裤管，然而他却沉浸在自己非凡的构想之中。这铜像栩栩如生，让人不由得想起主席指点江山时的风姿、横渡长江时的风采，以及诸多显示伟人胸襟宏大的画面来。

面对这尊铜像，我固执地认为：真正深入人心的伟人是不会死的。他的思想、他的音容、他的英灵之光将永远存活在亿万老百姓的心灵深处。

两块补丁

在杨家岭，我心疼得厉害。

我的心疼源自一张照片，具体地说，是源于毛泽东裤子上的那两块大补丁。照片上，毛泽东瘦削的脸上洋溢着信念的光泽，他伸出右手屈起中指、无名指、小指，左手则伸展在空中，一定是在给周围的人讲：

要节约哟，革命的物资十分有限，这些天，国民党卡得很紧，我们一定要战胜他们。这些都很平常，至少我们从影视作品中知道了许多。

但是，只要目光下移寸许，便会僵硬地呆住：毛泽东穿的裤子膝盖上，补着两个尺余长的补丁，裤管上还沾着星星点点的泥渍。

我的心疼由此而起，在艰难的日子里，毛泽东在劳作之后仍不忘教育他身旁的儿女。世纪末的午后，我在想，一个政党的领导人如此衣着却仪态大方地工作，这样的政党该是何等的纯洁和伟大！面对这张让人心疼的补丁照片，每个人都会感慨万千，每个人都会更深地体悟“艰苦奋斗”这四个字的深刻内涵。

枣园的纺车

枣园曾以是党中央的所在地而名闻天下。

在枣园，给我印象最深的是纺车。

在枣园，毛泽东、刘少奇、周恩来、任弼时、张闻天等老一辈革命家的故居里，我看见都陈列有纺车。车不大，寸许宽的木条钉制成几把半成形的纺车的轮子，右边是手摇柄。机械简单得谈不上什么技巧，是前些年乡村随处可见的那种纺车。但，正是这样的纺车，纺过了艰难的岁月，纺出了自力更生的伟大。面对纺车，我仿佛看到了“自己动手，丰衣足食”的那些艰难岁月。

在任弼时故居前面、幸福渠旁，精明的商人放了两个仿真纺车，并在纺车前配了幅毛泽东主席的半身大幅照片，戏说上西安不去秦始皇陵等于没上西安，来枣园不照纺线像等于没来枣园云云，引得众多游人纷纷摇车拉线，做劳作状留纪念。

我也照了一张，只照了纺车和主席像，自个儿未去操演。景点主人问：做甚，不把人拍上？我说这是革命风景照，人一上去就会把风景挤跑了，还是照照纺车，回去时时想着过去吧。

双手搂定宝塔山

一个地区可因华章而流芳，这是很特殊的人文景观，像崔颢于黄鹤楼，像范仲淹于岳阳楼，像贺敬之于延安。

做学生时，我很欣赏贺敬之的《回延安》，读到“几回梦里回延安，双手搂定宝塔山”一句后，便牢牢记住了延安的宝塔山。

我上宝塔山是在午后，昔日边塞的丽日正暖暖地照着不变的宝塔山。一路汗津津地爬上山，在山上被风轻轻地吹，很有些人性化的感受。

立于山巅，延安景观尽收眼底：延河水似波如带地在黄土地上亮着动着，肤施城在改革春风吹拂下一步步迈向现代化……

时代在发展，祖国在前进，人也应提高，这是历史的必然，也是宝塔山赠予我的忠告。

好大一棵树

总以为，中国这古老的国度是一片神奇的土地，生长于这片热土上的东方人都是恋根的儿女，不像西方人似浮萍样无根无本。

拜谒轩辕庙，最让人惊叹的莫过于那棵堪称“中华第一树”的黄帝手植柏了。七搂八拃半的腰身，是使天下其他树种心悦诚服的老祖宗。树高耸入云，青龙般的虬枝劲挺着伸向天空，沟壑般的树身向人叙说上下五千年的风云变幻。“此树屡遭雷击而不死，生命力极盛。”导游小姐的讲述，更让人觉得这树虽多磨难，但凝聚力犹存、向心力永在。

我无言地伫立于树前，似有无数心语与树相诉。手植柏不语，以默默的姿态挺立于天地之间。这真可谓大悟者不语。好大一棵树！

后记

这篇记录延安行踪的文章快完结了，但因延安而来的思索却刚刚开始。

子夜时分，万籁俱寂。偶有客车从窗前驶过，人在旅途的感觉很适合思考，岁月匆匆不容止步，面对纷争的世象，一介书生该如何化延安精神为动力而不辍前进呢？

思索得困惑了，我又看到了延安的窑洞。那不是窑洞，那是大山向世人敞开的眼睛，那眼神里分明在流露着什么。我会尽力去解读的。

毕竟，读书是身体的旅游，旅游也是身体的读书。

蜀河

古老的汉江水不倦地流着，飞起的小漩涡如朵朵水莲花，开在流淌着禅意的江面。

湛蓝的汉江与湛蓝的蜀河，在这里与青蓝色的天空汇合了。

造化的巨笔在这里抖了一抖，竟抖出了一个精致的古镇。

她静静地存在着，青山和碧水包围着她的沧桑，留下了满街满巷的掌故。

她就是位于秦巴山间安康市旬阳县的蜀河镇——一个与水结缘的古镇。

在镇上一家宾馆落脚后，我便急迫地开始寻访古镇的历史。新街建在公路边，镇上的人或悠闲地踱步缓行，或坐在门边打量着来去的路人，但很少有人高声喧哗。穿过蔬菜市场，拾级而上绕过几户人家，就到了蜀河镇的老街，依稀可以看见高高低低的黑顶房屋。

走在老街，踩在厚重的青石板上，仿佛踩进了厚重而古旧的历史当中。窄窄的深巷慵懒地站着，家家敞开大门，里面是清一色的幽和静，间或还透着些许的潮湿与阴暗。巷道里，有孩子在欢快地踢着毽子，有老人在悠闲地下着跳棋，有巧妇在树下恬静地剪纸，有挑担的菜农吆喝着走动……一个老太太，84岁高龄了，仍耳聪目明，正坐在家门前悠闲地搓麻将，猛抬头看见我们要照相，竟敏捷地问向导："莫照了，莫照了，每次你领一拨人来就照一回，咋没见将一张相片送来？"

向导如数家珍地介绍：在明代，镇子最初仅有几家骡马小店，到了清朝中期以后，这里成为水路运输的交会点，四方客商纷纷在此定居、经商、建商房、开当铺，设钱庄百余家，根据原籍建馆结社，根据不同信仰、不同地域建起了让人惊讶羡慕的众多会馆，客商可在会馆、戏楼歌舞升平中一览千门万店，在人头攒动中端详繁忙交易的发达景象。三义庙、黄州馆、武昌馆、杨泗庙等古迹，使得小镇有了南北交融的味道。

镇上最大的佛庙没有开门，门外供奉的香火熏洗着尘世的心扉。杨泗庙的香火还在断断续续地延续着，一个湖南来的妇女正虔诚地在早就没有头的水神像前为自己祈福。初冬的阳光爬到黄州馆古迹的墙上，孩子般做起得意的鬼脸。戏楼依旧在，但听戏早已成为镇子里上了年纪的人嘴边的掌故了。

静静的蜀河镇似乎在静静地等待着什么，是在等我呢，还是那个吟唱"蜀道之难，难于上青天"的李白？茫茫汉江边，蜀河镇像一叶小舟，倏地滑进蒙蒙烟雨，滑出历史的迷蒙，从古到今，由远而近，惜别那些曾经灿烂的记忆。

72岁的徐朝恩一看见汉江就激动，出身于船工世家的他，生命里最宝贵的35个年头是在船上度过的。老人吞了一口烟，烟雾袅袅间徐徐打开记忆的门扇：我1956年就进了航运社，那时候，从汉口到汉中，沿线人们的吃喝穿戴几乎样样都要靠水上运输，南货送来了，北货运走了。蜀河的船工最多时有800多人，每天都有上百条船泊在这里，光在河滩上修船的就有几十人。由于下一趟武汉大约需半年，人称"汉半年"，大船上有太公、拦头、摇橹、喊号、拉纤等十多个工种。江边盖严了草房子，喝茶的、唱戏的、议事的、说合的，丰富得让人挪不动脚。老人把手放在头顶想了好久，终于想出一句概括当年红火的话："嘿，那时候，单位挣的票子整麻包整麻包往岸上扛，人们管蜀河叫'钱窝窝'。"

但是，当过历史教师的陈明一老人却认为，徐朝恩当船工时的蜀河镇与鼎盛时期相比，"实在是相差太大了"。据地方志记载，早在1700多年前的西晋太康元年（公元280年），于育溪口东岸（今蜀河口东）置兴普县。清朝汉中知府严如熤在1822年所编的《三省边防备览》中称蜀河口"上溯兴汉，下达襄樊，北通商洛，骡马驮运，估客云集，为汉江之小都会"。清末，仅河路货物年抽厘就达6700两白银。20世纪20年代，镇上有大小商号60多家，票号就有12家……"那时候，蜀河是响当当的汉江黄金水道哪。"74岁的陈明一叹了口气，"可惜，后来蜀河没落了。"

1975年的一天，一列呼啸的火车从襄渝铁路穿过蜀河。

1986年的一天，一队奔驰的汽车从316国道穿过蜀河。

自然，蜀河镇这个因水而兴的古镇衰败了。黄金水道衰败了，现在这里已经没有了远航的船只，只有一条渡船每天两次往返于河道间，接送往返于火车站与镇上的人们。

没有人能说清镇子现在的经济状况是鼎盛时期的十分之一还是二十分之一，甚至更少。尽管现在蜀河镇的经济状况在全旬阳县28个乡镇中排在第二位，但蜀河镇人还是感到了衰败带给他们的困窘：原来是四面八方的人涌进蜀河镇，现在则是蜀河人涌向四面八方。

蜀河镇镇长徐郧根是土生土长的蜀河人，他兴奋地告诉我们：蜀河镇这个因水而兴的镇子，很快就要再度因水而兴了。投资20多亿元的汉江蜀河水电站已举行了进点仪式。他接着向我们描述了未来镇子的三大板块：以水电站为中心的工业园区，以老镇为中心的民居古迹区，以小河咀为中心的经济文化区；那时候，镇域面积将由现在的2平方公里拉大到 5 平方公里……

在街道上，我们遇到了刚刚从新疆打工回来的蜀河乡土诗人马嘶，他挥舞着手臂兴致高昂地演讲着：蜀河永远是蜀河人的故乡，不管他们走了多远，看过多少地方的云，走过多少地方的桥，喝过多少地方的水，爱过多少地方的人，他们的根，依然在这个古老的小镇。千年万年之后，他们的魂，依然飘在小镇的老街上。

蜀河镇是个有灵魂的小镇，是一个与水结缘的小镇。在过去的 1700 多年里，所有与这个小镇相关的情感，都沉淀到了一块块或青或红的石板上，汇集到雾霭下城楼的余晕里，流淌在静静的蜀河水中。

谁把长安藏起来了

——我在北海老街的所思所想

去之前，我把北海老街想得很老。当我站在老街时，才发现满目斑驳的老街比我想象中还要老。我在北海逗留了四天，先后五次去老街，都只是走马观花。

老街由东西街道沙脊街、珠海路、中山路和一些小巷窄巷组成，两层或三层的中西合璧骑楼式建筑，在一千四百多米的中轴线上水墨样绵延开来，如群气派典雅的老妪悠然散坐在自家门前，向南来北往的游人叙说着斑驳容颜下的沧桑往事。考量建筑上的那些线条，以及临街墙面的装饰和浮雕，我发现老街的每处建筑都很讲究，猜想背后一定藏着段大有来头的掌故。要想彻底洞悉其中的秘密，非要在此住上三五年不可。我虽匆忙间五探老街，但五次加起来也不过十多个小时。显然，我只不过触摸到了老街的皮毛，甚或是皮毛的皮毛。

漫步老街，我实际是走在建筑的画卷上。古老的门洞，陈旧的墙壁，依稀的字号，拱券的窗檐，屋顶的雕饰，弯曲凹凸的街面，墙缝隙间养了几十年甚至上百年的青苔，地上被人鞋脚踩得发亮的青石路，以及淡淡的大海的咸腥味，老街用自己独特的基调，瞬间直抵我心灵某处最柔软的地方。不知道怎么搞的，我生出这样的错觉：不是走在北海百年老街上，而是走在故乡的路上。

老街究竟始建于哪一年？这个问题早已无法考证了。很久远很久远时，就有渔民聚居在这里，密密麻麻的竹筒楼随之拔地而起，就这样，一个没有城墙的老城，一条因贸易兴起的老街应运而生。渔人出海打鱼，商人下海经商，日日聚集于此。天长日久，这里有了大一点的码头，也有了小不点的埠头。自古就有水旺兴财之说，何况这里面对的是大海呢！码头和埠头，成为商铺面海的大门。一轮日月，在渔船摇橹者早晚的歌声和潮汐的涨落中交替着上班下班。时序到了大清帝国，在道光咸丰的四十年间，老街的商业兴盛异常，小小的升平街实在挤不下太多的商家和渔民，它就像憋足了劲要长个子的孩子那样，把腿向东一蹬蹬出个东安街，把手往西一伸伸出个大兴街和西靖街来。没长完的升平街又接着长，东安街在光绪年间一路向东建出东华街，宣统年间至民国初年再向东建起了东泰街和接龙桥。至此，七条街道首尾相连了，最终长成今天这老街的模样。

按照民间的普遍说法，人是有命的，每个人都有各自不同的命。此话如当真，那街道也有命，每条街道的命也各不相同。把老街打造为一个微型的国际化平台，绝对是当年那些渔家未曾意料的。1876 年《烟台条约》后，北海和我的故乡温州一样，成为对外通商的口岸城市。随后，英国人、德国人、奥匈帝国人、法国人、意大利人、葡萄牙人、美国人和比利时人先后在北海设立领事馆，开始出没在这条原本只有渔民贸易的街道上。他们到北海后，做好了永远留下来的打算，北部湾一望无际的大海不仅提供了滋润他们肠胃的海鲜，幅员辽阔的中国大陆也成为满足他们无穷欲望的摇钱树。不劳而获当然逍遥，但日子久了他们也会思念大洋彼岸的家乡和亲人，于是他们就在老街上建造起有着家乡味道的安乐窝。正像禽兽奔走山林会将身上的草籽从山阳带到山阴那样，八个国家的殖民者把各自国家的建筑都盖到这条街上，也形成了今天世界上这道绝无仅有的建筑景观。这是因为，政治和艺术有时不是一回事。

在珠海路最东段，一个方形三层的西洋建筑吸引了我的目光，圆拱窗、大回廊，走进室内发现还有壁炉和壁台。站在外廊上远望，蔚蓝的海水在轻轻荡漾，细碎的波粼闪闪发光。这是1877年设立的北海海关大楼旧址，1883年建成海关大楼，虽然是清政府设立的，但一直被洋人控制，老北海人称之为“洋关”。是的，在这条充斥着西洋味道的老街上，我不仅看到天主教堂、哥特式建筑肃立在旁，还看到更多的如药堂、酒肆、茶坊、女儿墙等中国传统建筑，发现了每栋楼房的正中还刻有“陈荣和”“潘德祥”之类的商号，有几家房屋的外墙顶上还砌着房产界碑的砖刻。我不知道，把房屋界碑刻在墙上的做法，能不能算作房屋主人留给子孙后代的房产证。甚至，在一家商铺门外的石柱上，我还读到了“选办环球货物，经营世界匹头”这样一副对联。我想象不出来，当年这里是一派怎样的商业盛象。但是，我在那一刻感受到了北海人放眼世界的海样胸襟。

目睹保存如此完好的北海老街，我一下子想起所生活的城市来了。我所处的帝都长安，是一座拥有十三朝建都史的城市，它不仅见证了周秦汉唐的雄风，也是闻名世界的人文之都。举凡中国的读书人，没有一个不知道长安的，长安是天下读书人的一个情结，只要想到长安，就会不由地想到朝廷、庙堂、君王、国运等词语。长安长安，这座原本应该长治久安的城市，却没能保存下一条像老街这样的街道，这不能不说是件憾事。台湾诗人余光中首次来西安目睹此景后，就委婉地批评：“我第一次来到西安，这座城市我还没看清楚。但西安却把古长安藏起来了，不让我见。”那么，究竟是谁把长安藏起来了呢？也许，有人会说是西安搞城市建设城市开发湮没了那些老街巷。我想问的是，北海怎么就没有把老街藏起来呢？北海怎么就能既搞城市建设城市开发又保存好这条百年老街呢？在百里银滩畅游时，在红树林凭海临风时，在合浦瞻仰东坡亭时，在涠洲岛参观火山口时，这个问题不时地跳出来，质问我：和北海百年老街相比，谁把长安藏起来了？但，我无法回答这个问题。我只能说，这个时代发展得太快了，行走老街能让我们静下来。只有把心静下来，我们才能看清来路和去处。因此，从这个意义上说，北海老街是北海人的，又不仅仅属于北海人，而应当属于整个世界，她是上苍馈赠给地球村全体村民的一份非物质文化遗产大礼包。保护好百年老街，当是北海人和我辈义不容辞的责任和使命。

与行走东西向主街道相比，我更喜欢穿行于骑楼回廊间的古老小巷道。一条条绵长而又深邃的小巷道，沿着房屋的墙基往外延伸，不知道把多少故事掩藏、沉淀于斯。透过一户半掩的门，一位白发苍苍的老人边摇蒲扇边打瞌睡，两只绿色的蜻蜓忽上忽下地飞，惊扰了老人清幽的美梦。在我有限的记忆中，珠海中路有条九曲巷，曲曲折折的三五步就一拐，行走其间很容易联想到九曲十八弯的黄河。还有一条窄仄的小巷，只能容下一个瘦人单向行进，要想伸开双臂拥抱从一线天上泄下的灿烂阳光，无疑是个可望而不可即的奢望。最让人喷笑不止的是，这巷道的名字居然叫“摸乳巷”，能起出这么形象的一个名字，不是才子也是怪才。北海老街如同一块巨大的磁铁，不仅吸引着游走各地的北海孩子，也吸引着来自远方的游子。说了满篇的老街，其实老街并不老，骨子里还流淌着青春的朝气和活力，老街里不乏咖啡馆、酒吧等散发现代气息的场所，不少中外背包客出入其中，置身明亮舒适的品酒区，坐在宽敞优雅的欧式沙发上，听着柔和悦耳的爵士音乐，闻着有淡淡海腥味的空气，观窗外小摊在用古老的方法制作北海虾饼，看黄皮肤白皮肤黑皮肤各色人等的步履，即便到了桃花源，也难以找到这份现代的闲适。

写到这里，我感到自己又携妻带子地站到了北海的老街上，又依稀听见了远处隐隐传来三两声游轮的汽笛声。这时，生自海上的明月给寂静的老街罩上了一层朦胧。豁然间，我感到四壁顿时敞开，所有的不快连同雄心、理想等逸散到北部湾那片蔚蓝的大海里，自己也飞越老街，呼啸而起见风就长，最终融化在那片透明的海天之间。

壶关大峡谷旁听笔记

一

对不起，来晚了。

决定来太行这座遍布传奇的神秘山峦时，你事先做了一些必要的预习。因为你的迟到，开天的盘古、填海的精卫和移山的愚公等学长都离校了，上苍老师带着他们去远古神话国度搞教学实践去了。

在盘古撑开天与地的那一刻，你虽无缘给他搭把手，但他“左手执凿，右手持斧，或用斧劈，或以凿开”的英雄形象，却如时光之箭那样穿透亿万年，定落在中华文化的族谱里，让那股开天辟地的沛然之气，加持着后来的学子学妹。

在精卫怀揣理想振翅高飞时，你虽无缘给她加点油，但她“常衔西山之木石，以堙于东海。漳水出焉，东流注于河”的身影，却跳出远古祖先的讲述，定格在后世儿女的心灵深处，让那缕开石凿壁溅起的火花成为映照万世的太阳。

在愚公移山那些挥汗如雨的日子里，你虽无缘给他打打气，但他“率子孙荷担者三夫，叩石垦壤，箕畚运于渤海之尾”的声响，穿越时间甬道鸣响在历史的回音壁上，让那不屈的生命以站立着的姿态，始终鲜活在世界民族精神的高地。

在太行山壶关大峡谷，与山相对而坐，与水相向对话。

但你只能以插班生的身份来旁听。

因为，在你之前，林海、悬崖、山石、清泉、瀑布、溶洞早就分好班了，就连后来出现的庙宇和传说，也都有了固定的座次。

你很懊悔，自己怎么不早点来呢?

二

你是从长安城插班到太行山这所大学来的。

在这个世界上，人心也和硬币一样分正面反面。像是有什么奇怪力量在左右，人总会自觉不自觉地要努力向另一面抵达。在城里待久了，心绪就和日子一样，长出一层厚厚的绿苔。不想生命就这么被心机的喧嚣和物欲的泥潭所困住，在一种神秘的温柔和真切的外力的作用下，你逃课生那样跑到了壶关大峡谷。

一个声音在告诉自己：忘记帝都，让心回家。

这是一个夏日的午后，一阵小雨刚刚歇住脚，九十度悬崖湿漉漉的能拧出水，不知名的野花边淌着水花边静悄悄地开，空气里弥漫着悠悠的、淡淡的树木的清香。这堂自然课的奇妙，让你心底软软的、暖暖的，却又不能说出来，即便说出了，其他人也不会懂的。

热情的雨露和山风，给你用静这块布做了件校服，越往里走，峡越高，谷越深，空气越清新，你觉得自己前世一定是天上那只鸟，穿行于大山的怀抱之中，任清凉爽意漫过每一片羽毛，然后在旷远中发出一声呐喊，告诉同伴和昆虫野兽：你望着我，我也望着你，厮守好这片清静吧。

你情感的释放突然浓郁勃发起来，壶关大峡谷的清静揉化了你，你感觉心灵与精神突然进入到一个新的境界。你突然莫名地激动了，这里的每道梁山每条河、每缕朝阳每抹余晖、每片绿叶每滴雨露，都是天地大美。

三

这又是一节什么课呢?

你分明是第一次来青龙峡，却总感觉好像来过这里，或者自己在哪里见过这些风景。这种感觉，从你一踏入峡谷前的广场就产生了，脚踩着茵茵绿草织就的天然地毯，恍惚间遁入了一幅浓墨重彩的山水画卷：薄雾悬系在峰峦叠嶂间如丝绸的飘带，隐约可见蜿蜒的栈道悬靠在山崖石壁中，清脆的溪流像悬垂在美人腰间的佩环，如丝如弦拨弄着人的心扉洗涤着人的心地。

不远处，一队不知来自哪里的孩子，穿着五颜六色的衣服，在宣白的纸上涂抹着美好。台壁交错的壶关大峡谷美不胜收，是理想的美术写生基地。

看着这些青春的孩子们，太行山在想，虽然你已青春不再，但青春正当年的人仍连绵不绝。

放眼望去，一片片的红色石板房，或落在山崖下，或筑在半山腰，或泊在山谷里，点缀在郁郁葱葱的绿树间。

你想，那些住在红房子中的太行人，就是这万绿丛中红色的花蕊，是他们保护了大峡谷这颗老天遗落在人间的明珠，让这山水用一把细软的刷子，一层一层地刷掉那些一点一点堆积的欲望，让尘染的人儿一拨拨地到这世外桃源来休养。

四

250年前的曹雪芹说，女人是水做的。

去青龙潭大瀑布听学术讲座时，一个念头闪电般亮过你的心空：无论男人还是女人，都是水做的。因为是水做的，所以人才会不断地自觉地亲近水。

叮叮咚咚、汩汩哗哗一路相伴的水声，追逐着你的脚步，将藏在心里的阴霾涤荡个清澈见底。

老天的忘性真大，居然把他家那道窗帘落在了这里。你看见白色的水幕从山崖上宣泄着纵身跳下，碰撞到碧潭的巨石上，飞射起乳白色的水花，水花在空中化作数十道、数百道的银丝条，如同仙女在自由地舞动着成段成匹的白纱，被高高扬起的白纱，从青山碧水绿树红花间抛下，顿时又幻成了团团弥漫的水雾，像朵朵圣洁的雪莲绽放在墨绿色的深潭上空，只在水面上轻轻地泛起些许的涟漪，水下那些见多了大世面的浅色草儿，在光洁的石子上随意地徐徐摆动，有五彩的鱼儿在游动，间或张开小嘴巴咬一口水草，又放开，然后再咬，再放开……

嘘，别打扰老师讲课，别说话，什么都别说。

只需闭上眼睛，很快你就和瀑布融为一体了。

那水雾钻进你的鼻孔，顺着你的咽喉，沿着你的气管，依次润入你的心你的肺你的脾你的肝你的肾。

那奔腾不休的瀑布不是挂在悬崖间，更像是挂在你的心胸里，一点一点地溅进你的思想里，诱惑起平日里的一些想法和念头，像鱼儿那样，鲜活着，游过来游过去。

五

太行山壶关大峡谷是一所好大学。

雄、奇、险、幽、秀、美，是办学理念。

五指峡、龙泉峡、王莽峡、红豆峡、青龙峡，是五个王牌院系。

八泉峡、黑龙潭、紫团山、紫团洞、十八盘，是主打的特色专业。

早早就签了到、占了座位的400余处景观，是你向往的理科学长。

刚升到新年级没几天的44个景点，则是你渊博的文科学长。

在这所大学旁听，和他们这些优秀生相伴听课，一起听风讲文学，一起听云讲道德，一起听山讲历史，一起听水讲哲学。

在这所大学旁听，和他们这些优秀生相伴听课，林海分些绿给你，栈道拿些高度给你，溶洞掏些经验给你，悬崖取些从容给你。

在这所大学旁听，和他们这些优秀生相伴听课，方便得很，一如你从图书馆借了本书，看后就会被感染、被融化。而且，这么好的书，还无须归还。

找一间震不垮的房子

早春的一个午后，我突然想拥有一间属于自己的房子。

窗外鹅黄的嫩芽儿一个劲儿地往外冲，想要房子的愿望在我心头也一个劲儿地朝上钻。接下来的日子里，我有空就骑着嘎吱响的自行车，从城南到城北，自城东往城西，见工地就闲人样瞎胡转盘算着找套价格合适、质量放心的房子。我慢悠悠地转，时光大踏步地飞，顽皮的房价伸个懒腰打个哈欠，就轻而易举地拉大了与我的距离。

突如其来的汶川地震打乱了我的计划，确切地说，是几个朋友的话弄乱了我的心。住高档社区 33 层的岳小月说，买房时考虑 33 有两个 3、两头都有靠山，没想到地震时大立柜晃了一下就哐的倒地，自己还边发愣边看房子来回抖，意识到地震后，两腿却不争气地站不住，真后悔房买的太高。住 12 层的赵国涛正在床上看书，书却自个儿晃了起来，手也抖得厉害，然后人就晕乎起来，迷瞪中看见吊顶灯大幅度地摆动，下意识地翻身离床开门甩门顺楼梯飞身而下……他俩以好朋友和过来人的双重身份提醒我：房子绝对不要买的太高。因为，地震时电梯用不成，即便能用，谁也不敢赌命，万一卡半路上怎么办？搞软件的雷兆霆说的最绝，地震时正和老妈去南郊一楼盘看房，还没进电梯就见电梯颤得关不住，毛坯墙也不老实起来，没收拾干净的线头蛇样的动，搞得双腿有些不自觉地如舞蹈般动起来，不明就里的老妈开口就训售楼小姐："盖的啥房子？站一楼都晕，住顶楼非昏不可，难道天天回家还得叫人天天抬！啥破房子？质量肯定有问题，不看了，不看了，白送也不买！"得知地震后，一群惊慌的人如风般快速撤离。

听着他们的叙述，头脑中闪回着看似固若金汤的房屋轰然垮掉的慢镜头，我问自己：难道这些房子是豆腐渣工程？好像是，又好像不全是。地震作为一种破坏性极强的自然灾害，谁也说不准这家伙几时还会再发生，但我们能不能说准自家的房子"震不垮"呢？我问了十多个人，没有一个人给出肯定答案。夜里，中央电视台演"爱的奉献"大型抗震救灾募捐晚会，天津荣程联合钢铁集团有限公司董事长张祥青捐款一亿元，这个昔日唐山地震的遗孤高声呼喊："帮助灾区建震不垮的学校！建震不垮的房子！"这话，也是我想要说的；想来，也是亿万观众要说的。

时光是个认真的好孩子，不管你给不给它目标，它都不倦地自觉地逼近目标。搭乘改革开放的专列，很多人手里有了钱，有了钱就自然要改善居住条件，以至于媒体不时披露买别墅拆掉重盖的暴发户的事例。依我这无房户的眼光看，不管别墅还是商品房，无论小平房还是四合院，在大地震中震不垮的房子就是好房子。汶川地震血淋淋的教训告诉我：地震并不遥远！随时都有可能发生！所以，我快速调整自己的购房计划：一旦找到震不垮的房子，哪怕借高利贷，也要果断地买下。

去建筑大学，我向一位教授讨教：怎样的房子才会震不垮呢？教授分析说，从汶川地震破坏房屋情况来看，引起房屋垮塌的原因大致有三：一是房屋属砖混砌体结构，抗震构造本来就薄弱，许多房屋根本没有任何抗震构造。二是地震后，房屋下地质构造千变万化，房子垮塌在所难免。三是不排除建筑质量方面原因，即承包商偷工减料或质量把关不严。教授捋了把花白的头发，转转眼珠，说在邢台、唐山两大地震后，国家将抗震设防裂度分为6、7、8、9四个等级，规定：当遭受低于本地区设防烈度地震时，设计建筑一般不受损坏或不修理仍可继续使用；当遭受与本地区设防烈度同级地震时，设计建筑可能损坏，经一般修理或不修理仍可使用；当遭受强度高于本地区设防烈度地震时，不发生危及生命的严重破坏。但，这仅限于新建、扩建的大中型项目。事实上，民房和单位自建房大多不勘探地基、不请设计，往往自购材料，请几个农民工就开建。

老教授盯着我，问：没有专业技术，没有科学依据，没有规范程序，这样的房子怎么能抗震呢？买震不垮的房子的真经是：首先，房子的主体结构要有保证，要有抗震构造；其次，从房屋结构分类来看，在几种常用的比较成熟的结构中，框架—剪力墙结构抗震性能最好，框架次之，砌体结构最差；最后，还得看施工阶段是否抱着对生命负责的态度，严抓每一个质量关口……

我好像听明白了，又好像更糊涂了。

作为一个普通的公民，我想很多人应该和我一样，是根本不具备建筑和房屋等专业知识背景的。为保证自己能买来震不垮的房子，我又上当地最有名的律师事务所咨询。律师的意见是：从法律角度上讲，至少要在商品房买卖合同的附注栏上注明房屋的防震情况及违约后的责任赔偿问题。

在渐趋衰微的余震中，报上说受地震影响房地产业萧条多了，地震波及购房户心理，人们普遍持观望态度，房价那高昂的头终于低垂了，5月份每平方米房价平均下降200多元。时不我待！心里装着教授和律师给的定心丸，我又踏上了找房的征程。让我没有想到的是：开发商拒绝以任何形式向我保证所售房子在地震中不被震垮；建设方压根不许我了解所用建材，更不要说是否合格；售楼小姐指着打印好的合同说制式合同是统一的，一个字都不能改。不光他们这样做，而且，每个楼盘都不让改什么添什么。末了，噎我一句：除非，你到外国买房子……

接连的碰壁让人很垂头丧气。

回家途中，我在公交车上看见：一栋冠名某某明天的高楼的墙体上居然有两道从上至下的裂纹。车内，几个回家的孩子看到那“X”状的裂纹后，不约而同地高喊：快看，大八叉！那楼是个大八叉！

孩子稚嫩的喊声，把一车人给吵醒了。

第四辑　如是我言

更加珍爱神圣的作家称号

一

莫言获得诺贝尔文学奖，我们以文学的名义向他祝贺！

中国，从来就是一个文明古国。千百年来，先秦诸子的论说之声、汉赋唐诗的浅吟之调、宋词元曲的诵读之音，在这片文化的厚土上一直回荡着。千百年来，孔子、屈原、李白、杜甫、曹雪芹等一批批人文巨匠从这里走出，让世界感知东方文化的诱人光芒。

2012年10月11日，因为莫言，中国籍作家首次摘取了诺贝尔文学大奖，对中国作家来说，是慰藉，也是证明，更是肯定！

莫言获得诺贝尔文学奖，校正了世人对这个奖认识上的“屈光不正”，说明了他用小说串起的胶东历史链条进入了世界级水准之列，证明了我们正身处一个接纳与包容的世界，东西方文明的对话已是历史的必然。因为，文学从来都没有国界。中国文学是世界文学的重要组成部分，放眼当下文坛，我们说中国文学是完全有能力走出国门、走向世界的；站在文学的历史长河上，我们说中国文学必须走出国门，也必须走向世界。

莫言获得诺贝尔文学奖，让中国作家站在了一个更高、更新的历史起点上。毋庸置疑，诺贝尔文学奖以巨大的影响力和无与伦比的权威，成为世界上一个重要的文学符号。作为光耀人类历史的文明古国，中国不能只有一个莫言，我们期待着下一个中国作家，我们坚定地相信，在莫言之后，还会有中国籍作家或华人作家站在诺贝尔文学奖的领奖台上。

作家从来都是用心来写作的，从来没有哪个作家是为了获奖而写作，没获诺贝尔文学奖并不代表其文学水平不高。对广大作家来说，以莫言获诺贝尔文学奖为契机，他们必将更加珍爱神圣的作家称号，不断反省灵魂，正视所处的时代，肩负起历史的担当，写出更好更多的无愧于这个时代的精品。

二

莫言摘取诺贝尔文学奖，能给我们带来哪些启示呢？

越是民族的才越是世界的，莫言显然深谙此理。和曾险些获诺贝尔文学奖的老舍守着北京、沈从文守着湘西那样，他一直坚守自己的文学地理“高密东北乡”写作。《檀香刑》写鸦片战争前土地上的人和事，《红高粱家族》写抗日传奇，《丰乳肥臀》写现代革命历史，《蛙》写新时期乡村变迁。三十多年来，从故乡到世界，莫言“一直是站在人的角度上，一直是写人”，打造了一个具有独特文化风情的“东北乡”文字王国。

瑞典文学院授奖词称莫言“将魔幻现实主义与民间故事、历史与当代社会融合在一起”。获奖后，莫言在回忆童年读史时坦言，不仅读了《三国演义》《水浒传》，还读了像《聊斋志异》等文言小说。他特别提及,《聊斋志异》里很多故事在民间口口相传。在已走过的三十一年创作历程中,莫言广泛吸取了卡夫卡和马尔克斯的魔幻现实主义手法,用大胆有力的表现和丰富的想象来描绘纷乱而复杂的农村生活。显然,吸纳中华民族传统精华、辅以海外流行表达手法,是莫言给我们的第二个启示。

获奖后,莫言曾坦言:在当地作家中,自己并不是排名最靠前的。但为什么诺贝尔文学奖会落在他身上呢?一个很重要的因素是,莫言作品迄今有二十多种文字版本行世,几乎莫言的所有作品都被翻译了,尤以英文版最多。换句话说,对海外读者和瑞典文学院的六位院士评委来说,莫言有着其他中国作家很难具备的海外影响力。可见,让作品"走出去"占据更广阔的海外市场,是莫言给我们的又一个启示。

把莫言热引导为文学热

莫言获诺贝尔文学奖后，引爆一系列非文学的全民狂欢：某些官员如吸食兴奋剂样伸手要政绩，叫嚣着赔千万元也要种植万亩红高粱；某些人则开始神话莫言，将其奉为摇钱树，手稿价格一夜间升到 120 万元，小说签名本被卖到 18 万元；甚至，连签约的书商也加速了上市步伐……

难能可贵的是，在这种前所未有的群体性消费诺奖、消费莫言热潮下，在诺奖的巨大光环下，当事人莫言并没有失去平常心。在记者见面会上，他坦承不希望引起“莫言热”，期待引起读者对文学的热情，希望更多读者读书，希望作家更加努力地创作。在出席北京某研讨会时，他说：“得奖是暂时的，一切都会像过眼云烟一样，飘过去。”

文学，从来都是一种纯粹的个人化的创作。莫言获诺奖只是个例，是其个人文学能力的集中体现，证明中国可以有被世界认可的优秀作家，但这绝不代表中国文学从此就登上了世界文学之巅。一花独秀不是春，一个莫言，是永远也不能支撑起“文学的春天”的。因为，在文学的春天里，必然有群星闪耀的天空，必定是百花齐放的世界，必将涌动着后浪推前浪的潜能。

莫言获奖，终归是个文学事件。其最大意义或许是，为纯文学重回大众视野提供了难得的一次契机，理应引发出这样的良性循环来：先是吸引大家购买其作品，去阅读、去思考、去体悟，汲取文学营养；进而对当下中国文学产生良性的刺激，鼓励出版社、纯文学杂志多扶持文学新星，鼓舞更多作家的写作积极性，并逐渐形成一种持续的影响力，吸引更多的人来关注文学、关注文化，提高文化修养。

可惜，这个“作品热—文学热—文化热”的循环体系还没来得及构建，就被汹涌的商海浪潮冲到了现实之海的深处，难以浮现。像莫言这样的顶尖作家，拿诺奖奖金仅能在北京买一套 120 平方米的房子，遑论其余的作家。不能回避的是，很多作家仍在生存线上苦苦挣扎，发表难、出书难、翻译难、遭遇盗版后维权难，以至于拖延、扣留稿费更是家常便饭。可见，培育好产生优秀作家和作品的土壤，远比开发莫言和消费诺奖重要得多。

所以，我们要把莫言热引导为文学热。请别忘记，在这个汹涌澎湃的消费时代，消费之后一定要记着消化，希望更多人能抽时间多读一本书，从优秀文学作品中吸收精神养分；请别忘记，在这娱乐至死的读图时代，尽可能多地恢复几份文学刊物，并给些具体实在的支持，让写作者获得更多的自信和自尊；请别忘记，在这浅阅读成为主流阅读的时代，要从改善作家民生做起，切实提高稿费标准，为文学新星的崛起和壮大铺路搭桥，并把有中国气派的精神食粮推销给世界；请别忘记，不是人人都是文学家，身处不同行业平凡如我辈，更应该静下心来，克服困难做好本职，力争在自己的领域有所突破。

假如能借莫言获诺奖的契机，促使中国文学重新焕发生机，迎来一次“文学的春天”，则善莫大焉。

假如能借莫言获诺奖的契机，促进中华民族伟大复兴进程，早日实现“中国的梦想”，则功在千秋。

莫言的路径

2012年12月8日，中国作家莫言在瑞典文学院发表题为《讲故事的人》的获奖感言。他将自己所走过的人生和创作之路，总结成一个"讲故事"的过程。

10月11日瑞典文学院宣布莫言为2012年度诺贝尔文学奖得主后，国内快速出现了一股非文学的消费莫言的热潮，有人甚至将他神化，还有人拔光了他高密故居院子菜地里的草。为此，笔者曾在《西安晚报》发表过一篇题为《把莫言热引导到文学热》的短文，呼吁人们将目光回归到他的作品上去，回归到文学的本位上来。在莫言发表获奖演讲之后，笔者还想再说一句：关注莫言，请您一定读读莫言的书。因为，只有读了他的书，我们才能梳理出莫言的路径。对照莫言的路径，我们才有可能走向更大的境界。

20世纪80年代中期，莫言发表颇有天籁气象的短篇《透明的红萝卜》，这是他以作家身份在文坛打响的第一枪，紧接着他写出《白狗秋千架》《老枪》《金发婴儿》《球状闪电》等篇章，推出了长篇《红高粱》。

这段宝贵的创作历程，让莫言形成了锁定高密东北乡，为中国农民写意造型的创作风格。此间，“莫言制造”的个性化品牌在文坛得以成功打造。

1988 年，根据莫言《红高粱》改编的同名电影在柏林获得金熊奖。这次获奖，也打开了莫言走向世界的大门。20 世纪 90 年代，是莫言成功“走出去”的年代。他也显示出对长篇创作的情有独钟，一气推出了《食草家族》《十三步》《酒国》《天堂蒜薹之歌》等作品。这些作品，想象的重叠和形式的西化并不符合普通读者的阅读美感，让人感觉结构散乱、语言晦涩。但是，这些偏西化的作品却引起了海外读者的兴趣，各类外译本争相推出。这段独特的创作经历，是莫言作为中国作家走向世界时所踩下的必然步点。

进入 21 世纪后，莫言有意识地调整和修正了自己的文学探索方向，回归到民族、民间、本土化的道路，并不断奋勇前进。在《檀香刑》后记中，他曾深情地宣布：“我要大踏步后退。”在这一时期的《四十一炮》《生死疲劳》《蛙》等长篇中，那个为读者所熟悉的莫言又回来了。让时代在文学中传扬，让文学在时代中不朽。莫言用最传统的民间的形式来表达最当代的理念，向整个世界讲述最中国化的故事和经验，取得了重要的收获。

以上，是笔者连日来粗略通读莫言作品后的浅薄感受。再读莫言，我强烈地感受到一个中国作家走向世界的螺旋式路径。

“文二代”是个伪命题

因电视剧版《红高粱》第一编剧选定莫言爱女管笑笑，“文二代”一词再次受到很多人的关注。

对“文二代”一说，我以为这是一些人意气用事、逞一时之快的结果，该说法本身就是个伪命题。与可以继承父辈财富而成为“富二代”所不同的是，作家父母可能会在文学方面给予子女一些影响，但却很难成全子女成为“文二代”。因为，属于精神层面的文学创作才华不是物质财富，也不能像物质财富那样交棒、传递给子女。

三国时，曹操和他的儿子曹丕、曹植被称为“三曹”。以“七步成诗”闻名后世的曹植，受到兄长曹丕的迫害，命悬一线时急中生智，才有了“煮豆持作羹，漉菽以为汁。萁在釜下燃，豆在釜中泣。本是同根生，相煎何太急”的传世佳作。可见，曹植的文字功夫并不是父亲曹操交棒和传递给他的。宋朝时，苏洵及其儿子苏轼、苏辙被称为“三苏”，其中以苏轼的文学成就最高。可事实上，苏轼是因为被贬流放寄情山水间才创作出千古华章的，他的文学才华也不是其父苏洵交棒和传递的。

此外，我还想起鲁迅临终前的话：“孩子长大，倘无才能，可寻点小事情过活，万不可去做空头文学家或美术家。”大文豪和大思想家鲁迅之所以留下这样的遗嘱，一定也是因为清楚地认识到：文字功夫是不可交棒和传递的。

那么，为什么会出现“文二代”的说法呢？我以为，是现实生活中那些“傍爹啃老”、坐享其成之事混淆了我们思考的视线，用“官二代”“富二代”之说把我们的思维引到岔路上去了，糊里糊涂间，让我们忘记了文学才华是不可交棒、不可传递的。

潜入人心的受活

路遥离开我们已经二十多年了，但我老是觉着，他刚刚离我们而去。

他是从陕北大地走出的，是一个用生命写作的人。他出生于一个世代贫苦的农家，在陕北黄土高原上艰难长大，虽然生命里流淌着无尽的苦涩，但他却超越苦难，用作品给读者以精神鼓励、智慧启示和情感抚慰，给普通读者的心田上带去一抹希望的绿，特别是给身处底层正奋斗着的青年读者以潜入人心的受活，并使他们在与他的文字交流中得到升华。

我的恩师刘路和路遥有着深厚的友谊。在《延河》编辑部，他们是面对面看稿的小说组编辑。路遥还把刘路老师当年进城给生产队拉大粪的那段经历和情感体验，借到自己的成名作《人生》里，安到高加林身上，感动全国读者。因为这层关系，我曾在省作协院子里见过路遥几次。至今，每想到路遥，眼前就会飘起一团又一团的烟雾。他是个喜欢吸烟的人，他喜欢一边吸烟一边写作。二十多年来，我一直有这样的感觉，路遥不是用笔写作，他是在用血写作，直到文尽血干，才不得不撂下亲爱的笔和纸。也许，因为他大量吸烟，才使得生命就像烟一样散得那么快。

再次走进他的文字世界，我依旧有一种血流得很快的感觉。《人生》和《平凡的世界》，是他留给我们最重要的作品，但我更偏爱《早晨从中午开始》。以我有限的阅读体验来看，《早晨从中午开始》是在完全轻松的状态下产生的佳作，是一种生命体悟的自然流露。这部作品，可以说集中了路遥一生创作的精华，也集中体现了苦难的诗意，并使我们更能看清路遥对文学那种“像牛一样劳动，像土地一样奉献”的忘我精神，也使我们看到了鲜花和掌声背后鲜为人知的艰难之路。

打开路遥的作品，他就站在我们的面前，兄长般地面授为人为文之理。从这一点来说，他从来没有离开过这个世界，路遥的生命之树常青。他留给我们的，除了文学意义的价值，更是一种精神的典范，他让我们觉醒：每个渺小的生命中，都孕育着无穷的力量。阅读他那饱含着养分的作品，感受他所给予的潜入人心的受活，是我们作为读者的一种幸福。

前无古人的善举

作家陈忠实出资设立白鹿当代文学编辑奖，无疑是个令人欣喜的好消息，具有不可低估的影响。此举前无古人，他做了一件功德无量的善事！

“每一部好作品的面世和成功发行，都有一个或好几个编辑巨大的功劳。”诚如陈忠实所言，作家写作是创造性劳动，编辑编稿也是创造性劳动。在影印出版的《白鹿原（手稿本）》上，笔者就清晰地看到了小说最原始的状态：作家在稿纸上写的是什么，编辑删了什么、改了什么，所有痕迹一清二楚地被永久定格。

编辑工作，非常有意义，也非常辛苦。他们披沙拣金地辛苦劳作，翻来覆去地选稿改稿编稿，呕心沥血地修改着每一件作品，默默坚守“为他人做嫁衣裳”的职业精神，以执着的信念为精神自觉，用自己的“苦熬”斟酌和推敲作品中的每一个字、每一个标点。他们知道，编辑一部好的作品，会对整个时代的发展产生积极而重要的影响。所以，他们努力出好作品，并用好作品去引导人、教育人、塑造人、鼓舞人、熏陶人，让读者坚定向上、向善的主流价值观。

能遇到一个好的编辑，简直就是上苍赐予作家的恩惠。当过文学编辑的茅盾、巴金，不仅从来稿中挖掘出了很多文学新苗，甚至在这些作家后来很著名的作品里，也凝结着他们参与其中反复修改的心血。就陈忠实的《白鹿原》而言，如果没有人民文学出版社何启治这个职业编辑在幕后做推手，就不会有《白鹿原》的今天。一代一代的文学编辑，在整个文学发展中做出了有目共睹的杰出贡献，他们完全有理由受到表彰和尊重。

陈忠实给编辑设奖，就体现了一个杰出作家对文学未来的真切关怀。他用自己的版税所得，奖励那些耐得住寂寞、甘愿为他人作嫁衣裳，并做出突出成绩的文学编辑，给他们一种温暖的正能量，期待那些有智慧又有良知的编辑给文坛的未来带去一股清正之风。

陈忠实此举，用心良苦、功德无量！我们期待，在他的引领下，能有更多的面向编辑的奖项出现。

通向经典之路

在小说《白鹿原》出版20周年之际，作者陈忠实迎来了新版话剧、法文版连环画和新版电影相继推出的三喜临门。这让我们再次领略了文学的魅力和经典的力量。

在时光打磨20年之后，《白鹿原》更加年轻了，散发出更迷人的芬芳。中国作协党组书记李冰曾在第八届茅盾文学奖评审中说过，四年间全国出版8000部长篇小说。那么，在20年间所出版的汗牛充栋的长篇小说中，《白鹿原》为什么会不倒？

重温小说20年间走过的路，我们或许能找到答案。笔者以为，作为经典的《白鹿原》，共经历了三大阶段：第一个阶段是文学意义上的《白鹿原》。1973年，人民文学出版社编辑何启治向陈忠实约稿，请他写一部农村题材的长篇；20年后的1993年，陈忠实终于完成了这部作品。20年磨一剑，甘苦寸心知。第二个阶段是其他艺术形态改编的《白鹿原》。得益于文学的魅力，多个领域艺术家纷纷相中这部小说，并结合自己的艺术形式对小说进行再加工、再创造，相继推出舞剧版、歌剧版、电影版、连环画版、泥塑版、话剧版等多个艺术版本，以及日文版、韩文版、越南文版、法文版等小说的外文版。这些不同的艺术版本，拓展了小说单一的表现形式，让作品的生命力更加兴旺了。第三个阶段是作为文化产业品牌的《白鹿原》。因王全安版电影的拍摄，陕西旅游集团在白鹿原上兴建了白鹿原影视基地。笔者以为，这是作为作家的陈忠实对故乡最大的贡献。在他家乡的父老中，或许有没读过《白鹿原》的，但这并不影响他们或他们的后人，会因为家门口的这个实实在在的基地的存在，而收获乡党陈忠实带给他们的收益。

从文学作品到其他艺术形态再到成为带动地方发展的文化产业，陈忠实的《白鹿原》无疑走出了一条通往经典之路。

作品是解读时代的钥匙

贾平凹获得法兰西金棕榈文学艺术骑士勋章，《古炉》《带灯》将进军法国文坛，这是他40年文学创作的一个重要收获。我们向他表示热烈的祝贺!

文学是反映社会状态的重要参照系，作品是解读作家所处时代的钥匙。一个在美国读博士的朋友就曾告诉我，一次翻看《剑桥中华人民共和国史》，他惊喜地发现居然有相当篇幅介绍刘心武的《班主任》，并将该作品视为中国变革的重要征兆。而在我们国内大学的中文系教科书里，《班主任》则被视为新时期文学的开端。可见，优秀的文学作品是具有普世价值观的，是完全可以跨越国界征服读者的。因为，文学交流是民众与民众、国与国之间相互理解和增进友谊的一个重要途径。

今日中国，正在全方位地走向世界。在这一时代背景下，中国文学也必定要与国际接轨，更自觉地进入世界文学的范围。贾平凹收获新荣誉，是中国文化软实力在国际文学舞台的又一亮相，为中法文化交流做出了突出的贡献，为促进中法人民的理解与友谊立了大功。为此，我们由衷地对他表示敬佩，并诚挚希望中国有更多的作家能够走向世界，获得更多的外国文学荣誉。

必须明确的是，获得国际文学奖励和荣誉的当代作家和他们的作品自然是优秀的，但也并不是说，没有获奖的作家和作品就不优秀了。放眼百年来的中国文坛，鲁迅、茅盾、沈从文、老舍、曹禺等获过什么国外文学奖？没有。但是，这丝毫不能掩盖他们作品的光芒。所以，获得奖励和荣誉是检验作品的一个标准，但不是唯一的标准。

“我担当不起”

大诗人雪莱曾经说：“在一个伟大民族觉醒起来为实现思想或制度的有益改革的斗争中，诗人就是一个最可靠的先驱、伙伴和追随者。”雷抒雁的一生，是用诗歌践行雪莱关于诗人精神论述的一生。

在这篇小文里，笔者不提雷先生对当代诗歌的贡献如何，只想与诸君分享一件与先生有关的小事——2009 年 3 月，雷抒雁诗歌创作研讨会在先生的母校西北大学召开。会上，初听有人称自己是“人民诗人”时，我看见先生的眉头锁了起来；随后，又有几位作家评论家称他是“人民诗人”，先生坐不住了，他打断发言者的话，直抒胸臆：“刚才大家用了天才的、伟大的、杰出等词来形容我，以后，请你们在我听不见的时候说，我不欣赏那些词。”他直截了当地表示，“有人说我是‘人民诗人’，我觉得自己担当不起，但我希望自己能为人民多写点东西。”

不知从何时起，追名逐利成为社会的流行病。一些人为名利，甚至不惜弄虚作假、恶意炒作，使人不能不感叹世风日下、人心不古。在这样的环境和风气中，雷先生这番言辞恳切的话，显出人生境界之高，意义自然不同凡响。历史总是惊人的相似，雷抒雁讲的这番话，我们并不陌生：早在2006年，95岁高龄的季羡林先生就曾撰文请辞“国学大师”“学界泰斗”“国宝”三大桂冠。季羡林先生说：“三顶桂冠一摘，还了我一个自由自在身。”

虚名虽是别人给的，但却需要内心的判断和抉择。内心有底气了，啥名头都是虚的。底气十足的司马迁承受难忍之辱，写出《史记》千古流传。可见，著者的光环不是戴在名头上，而是藏在作品里的。在痛惜雷抒雁先生西去之际，笔者不由得想起这件旧事，也更加敬佩先生谦逊的品格。

我不知道，在季羡林先生和雷抒雁先生的面前，那些不择手段追名逐利之辈是否会感到羞愧！

接过诗人的笔

昨日，千余读者依依惜别当代杰出诗人雷抒雁。在无限惋惜之余，笔者突然想起东晋诗人陶渊明的诗：“亲戚或余悲，他人亦已歌，死去何所道，托体同山阿。”是的，逝者已去，生活仍继续。

诗歌是人类文学王座上的宝石。雷抒雁自觉坚持笔墨当随时代的创作方向，以人民为中心的创作导向，每当国家发生大事，都会及时用诗来呼应：1979 年，他用《小草在歌唱》喊出了时代的最强音；汶川大地震后，他以《前方前方，依然是太阳》给人以力量；南方冰雪灾害后，他的《冰雪之劫：战歌与颂歌》唱响大江南北；即便躺在病床上，他仍乐观地唱着从“恐怖老太婆”的“腋下悄悄溜走”……

作为时代的歌者，雷抒雁在精神内核上坚守小人物的英雄梦，给普通读者以激励和鼓舞的正能量。秉承着诗人的真情挚爱和担当奉献，雷抒雁把独特的个性感受融入诗中，明明白白、浅显易懂又饱含真情实感，使个人情绪与时代共振，使他的诗成为时代的产物，并产生出暖人肺腑的力量。

纪念诗人最好的方式，就是接过诗人手中的笔，让诗人未竟的事业继往开来。要接过诗人的笔，就要像诗人那样贴近实际、贴近生活、贴近群众；就要像诗人那样主动承担起为人民抒写、为人民放歌的历史责任；就要像诗人那样用作品来丰富人的精神世界、增强人的精神力量、促进人的全面发展；就要更加奋发、更加自觉地握紧手中的笔，吹响时代前进的号角，努力创作出更多无愧于历史、无愧于时代、无愧于人民的优秀作品。

到生活中去

走出书斋到生活中去，到绿意盎然的乡村去，到生机勃发的工厂去，到困难大矛盾多的生活激流中去感受搏击的快乐，到柴米油盐的寻常日子中去感受民生的幸福，这是陕西作家的优良传统。因为，只有到生活中去，作品才能接地气获得强大的生命原动力；也只有到生活中去了，文学女神缪斯才更富诱人魅力。

到生活中去，生活是最好的老师。七十年前延安杨家岭的那个火红的五月，毛泽东在延安文艺座谈会上的讲话中指出："人民生活中本来存在着文学艺术原料的矿藏，这是自然形态的东西，是粗糙的东西，但也是最生动、最丰富、最基本的东西；从这点上说，它们使一切文学艺术相形见绌，它们是一切文学艺术的取之不尽、用之不竭的唯一的源泉。"尽管时光的脚步匆匆走过七十年，但这段蕴含着文学艺术创作普遍规律的话，却能在七十年后的今天依然闪烁着真理的光辉。

到生活中去，生活是最好的老师。诚然，远离了火热的时代生活，掉进书袋子也能写出堆满陈词滥调和漂亮话儿的作品，钻进古籍经书或洋名词洋理论中拼凑粘贴出所谓的时髦作品。但是，这样的作品最多只能算是漂在水面上的油花花，看起来光鲜亮丽泛着光芒，实际上水是水、油是油，两者永远分离着。这样的作品，说好听点是小圈子里的孤芳自赏，说严重点就是在恣意地糟践有限的社会财富。这样的作品，不仅不会引起读者的共鸣，还会遭到唾弃甚至辱骂。

到生活中去，生活是最好的老师。在这个人才辈出的伟大年代，谁越是俯下身子真正贴近基层、贴近生活、贴近群众，谁就会更熟悉基层民众的所思所想，就会更了解沸腾的时代生活，就会在思想上、在情感上和大众血脉相融，打成一片。只有躬身体验才能去伪存真，好的艺术品就是在人与生活之间建立起某种关联。否则，疏远了生活的人，生活也会疏远他；离开了泥土，就没有鲜花。

到生活中去，生活是最好的老师。身处大发展大变革的年代，当代文学不是重复也不是复制时光隧道里的那些李杜苏辛，当代文学要反映的是当下的社会实践和当代丰富的现实生活。但是，文学创作不是原生态生活的忠实记录，它来源于生活又要高于生活，需要作家从生活中汲取营养和智慧，凭借自身的艺术技巧和艺术才华，把生活的活水酿造成甘醇的美酒。作家的心，只有和读者的心一个节拍跳动了，作品才能踏准社会前进的鼓点，律动出时代的风云变幻，才能长久地存活在缪斯的殿堂。

杂品书话

人之初的思想像新出窑的药罐，没有什么味道和色泽。书是形形色色的中药，以本互不相干，在经妙手搭配成好处方后，用火武文交相煎熬，方可成够味够劲的苦口良药，治得顽疾疗却病苦，并最终形成纯正而又丰厚的积淀落于罐内。

书与中药，相同在于精华皆被熬干榨尽，不同在于中药熬后剩下废渣不可再用，书却永远有教益于人。

中国人习武的第一阶是寻求削铁如泥的名剑，第二阶是拥有且笨且钝的铁剑，最高境界的第三阶是持竹或木的草剑，以草芥生发金刚之劲。唯练至此般大手笔的武士，才得中华武功之真谛，方成止果能以心发达意气用事。

天下万事皆出一理。读书也应沿阶而上，不可拘于一个台面。好读书必须读好书，读好书才知读书好。小和尚念的是经文，老和尚说的是家常。读书只有联系实际了，才能持日常“竹”或“木”，倾入心血注进思想，方可去解读人生、解读社会这本大书。

读书，仅用眼看、用口出声，是远远不够的，关键是要用心参悟。悟，比读厉害千万倍。正似大堆木柴燃烧与一小枚核裂变，都在释热，效果却有天壤之别。悟通了书中精义，悟透了人间万象，世事就豁然分别开来，就可知一孔而明万般，启迪心泉汩汩喷涌释放超能量，在放牧心灵时继承传统，并在张扬中创新。

读书不为名，也不为利。许多有钱人是很少自觉读书的，大凡读书爱书如痴者，皆穷困穷苦之士。这一逻辑虽有些荒谬，但却是一条悖律。人穷不可怕，怕是因穷而丧失气节。读书人见到心爱之书就失却了人的形体，变成书虫钻进书中，寻求远方的呼应，燃起心灵的股股烈焰，烧毁躯体淬火思想。

某日，收到一家出版社寄来的出书合同，言只需交人民币若干元，即可出版作品集，且用一千册书抵稿酬云云。看罢便丢了，商潮再汹涌也不能这般泛滥。若连书也成了赤裸裸的商品，那人的思想也该大打折扣了。自费出书，自然有上钩者去做，但我不去做。没钱是一个方面。再傻再笨的卖血者，也不会在卖完血后，用一沓还没有焐热的票子去挂号排队，把刚卖出的血重新买回自己脉管。何况，血液早已不再新鲜纯美如初了，不幸被污染了那就更麻烦了。

古人骑毛驴或徒步行万里路，点豆烛借荧光读万卷书，在恶劣的环境中弘扬着正气、大气，痛苦并快乐着做自己的天地书生，实是幸事。今人大多借助海陆空游千山玩万水，就炽灯开空调坐沙发大扯鸡毛蒜皮的闲事，就是不去读书，反而到处乱叫：这社会是咋搞的嘛，想做个读书人怎么这么难，想读书都没得好书可读。

参古思今，作为今人，我为读书好学之气不济而嗟叹。叹息之后，忙打电话问书友：怎么搞的，那本《史记》还不见还回来？

有多少名著可以恶搞

因《西游记》而有了《大话西游》，因《三国演义》而生发《水煮三国》，甚至朱自清《背影》中蹒跚的父亲竟也唱起了周杰伦的“双节棍”……眼下，这股恶搞名著之风正在愈演愈烈！

“读书万卷始通神。”文学名著是千秋百代读书人的心灵结晶和精神产品，流淌着的是历史上最伟大的学者文人的情怀与胸壑，跬积着的是他们全面的学养和文化内美的深度，其产生的文化影响力远远超越我们的想象。我们相信，很多成年人看到恶搞后的第一反应是好笑，并不会有太多的思考。但是，那些还没有读过名著的孩子，假如他们第一次看到的是被恶搞的名著，他们可能会认假为真，并在日后将真的看成是假的。当恶搞名著由通俗演变为庸俗，并成为一种普遍的流行，是会毁掉一代人的价值观和审美观，并把他们的文化认同引向歧途的。

孙悟空的扮演者六小龄童章金莱，曾撰文以严正的态度提出：“改编不是乱编，戏说也不是胡说，名著的改编是有一个底线的，主要情节和这些角色的人物基本性格不能变。”他说，他坚决反对“唐僧和女儿国国王有一夜情”“观音和唐僧接吻拥抱”“唐僧和悟空都谈恋爱”等类似的情节设置。

在荒诞插进名著成为所谓创新、时尚硬套给名著成为所谓趋势的当下，恶搞文学名著，将一些搞笑元素、毫无根据的绯闻逸事强加于名著，其目的是把名著变成聚宝盆，以求吸引眼球、迎合受众口味、攫取更高商业利益。赚这种钱，是典型的“吃祖宗饭，断子孙路”的短视做法！这种行为，是典型的文化媚俗的表现，是社会责任、公共道德的丧失！

马克思曾经说过：“问题就是时代的声音。”面对恶搞名著的风气，我们更应该反思传统文化与时俱进的问题。我们可以通过立法来规范，加以引导；可以引导公民树立保护名著意识，珍惜原汁原味的文学名著带来的惊喜和感动；可以给古典名著、传统文化“穿新衣”，改编成连环画或语言精练的图书，让名著更利于孩子们接受；等等。

写作就是用笔说想说的话

——答陕西省周至县中学生读友问

赵老师，刚接通知，要我下午出差，所以无法参加明天在周至举行的《落笔生花》《下笔有神》捐赠仪式了，非常抱歉。为了不影响既定的程序进行，我把要说的话写下来，劳赵老师代我一读。

周至南依秦岭，北濒渭水，襟山带河，素有“金周至”之美誉。当年，伟大的老子择此地说经，可见周至是人杰地灵的福地。这次，经陕西福乐希望工程秘书长赵广务先生的牵线搭桥，在温州同乡郑福海先生等人的关照下，在周至县教育局和关工委的支持下，我得以向周至县中学生捐赠3500册自己的小书，对我来说，实是桩幸事。

书是人类智慧的结晶，读书是一个人接受教育、发展智力、获得修养的重要途径。读书使人睿智，读书使人聪慧，读书使人明理，读书使人善辩。一句话，读书可以唤起无穷的智慧和力量，可以改变人的前途和命运。多读书，可以开阔视野，丰富生活，培养良好的行为习惯；多读书，可以提高阅读能力和写作能力；多读书，可以增加课外知识，丰富自己的知识宝库。人的一生都离不开读书学习，只要你认真去读，就可以从中感受到读书的乐趣，就可以在知识的海洋里不断汲取营养茁壮成长。希望周至县的中学生朋友明白这些老生常谈的道理，立志做爱读书的终身学习者。

接着，我重点回答一下同学们捎来的问题：怎样才能在作文中写出自己想说的话？叶圣陶说过，“写作就是说话”。对身体健康的人来说，说话，是一件最直接最简单的事情，大家生活在这个世界上，免不了要与他人说话、交流的。就像生活离不开空气、水那样，我们都需要说话交流。我要说的是，写作完全可以像说话那样直截了当、简单易行，那样，今天还在为写作文头疼的你，一定会爱上写作的。真的，写作就是说话！因为，把自己想说的话想表达的东西落实到笔头再稍加组织，这个过程就是写作了。

我们常常看到这样的现象：有些同学在平常的交流中牢牢掌握交谈的话语权，说得眉飞色舞好开心，但一让他写文章，就像变了个人似的，眉头紧锁好痛苦。同一个人，为什么这么惧怕写作呢？写作，多头疼的事情！从小学就开始学写文章，从看图作文一路写到了话题作文，可水平就是不见涨。要解决这一难题，看来是要突破这个心理障碍了——写作就是说话，写作并不可怕。

我建议，怕写作的同学可以这样做：先选一件你感兴趣的事和家人或老师同学聊天，交流一下各自的看法，然后把所交流的东西记下来，再稍加整理，这样，一篇属于你自己的文章就很容易地诞生了。你看，写作多好玩，说说话就是一篇文章。

这只是最初的训练。接着，我要说说写作思路的事，我想着重说说怎样用话来表现你所想的内容。写作与说话毕竟是有区别的，我们在说话时可以想到哪说到哪，写文章可不能这么无所顾忌，得让读者看懂你的思维流程和立意。这就要求你，必须明白自己想说什么和怎么去说。

好比拿到一道数学题，第一步算什么，第二步算什么，得在动笔前有个通盘考虑。这样，把说话的内容转化成写作的内容，思路就非常重要了，哪个先说，哪个后讲，要学会对内容进行取舍。我们不妨把说话中所涉及的内容要点先用笔简要地记下来，多角度地比较比较，看哪些是别人也会想到的，哪些是你独到的见解和认识，从而选准写作素材，形成自己的思路。掌握了这些基本套路后，大家就可以在语文老师的指导下，学习文章的审题、立意、语言、结构等知识，写出理想的文章来了。

匆匆忙忙，就先写这么多。代我问候同学们！

好文章就住在你的隔壁

——答《全国中学优秀作文选》问

一个阳光很好的春晨，我收到孙卫卫从京城转来的约稿信，他热情地约我为名牌杂志——《全国中学优秀作文选》的“记者视角”栏目写文章，讲述一次写作经历和采访经历，告诉中学生朋友作文的道理。

我欣然应约。作为校园文学阵线上的一名过河卒子，我没有什么经验谈，但我愿意把自己所走的一些弯路讲给中学生朋友听，希望你们能减少不必要的损失，多走直路。

说实在的，我最初是一个一上作文课就头大的学生。别的同学在作文课上下笔如有神助，而我则写上两三行就“刺啦——”一声扯掉一张作文纸，每每这个时候我就特别羡慕作家，觉得他们简直是神灵的邻居，拥有着把生活中最平常不过的琐事写成鸿篇巨制的本领。甚至，在我幼小的心灵里，我以为成为优秀作家的关键是要找一个神仙邻居，因为神仙会把写好文章的“仙术”教给作家。现在想来，我中学时幼稚得都快到了迷信的地步。

见我作文老是写不好，父母为我买来一本本的作文大全、作文宝典，希望老天能开一下眼，把我引到写好文章的道上去。可是，我当时最感兴趣的不是厚厚的作文书，而是床下那一箱薄薄的“小人书”，对，是那箱被姐弟几个翻得发毛了的“小人书”。

仿佛老天终于开了眼，我的作文居然被语文老师当“范文”在班上念了，我写的一则学校创办广播站的消息竟然被《矿工报》发表了。手捧印有自己名字的《矿工报》，13 岁的我觉着自己是世界上“最伟大”的人了。我忍不住胡思乱想起来：报纸上是白纸黑字，是一万年也不会变的白纸黑字，我一下子“出名”了。原来，写文章这么容易；原来，好文章就住在我的隔壁，只怪我去敲他家的门去得太迟了。

悟到好文章就住在隔壁的道理之后，原本名不见经传的我，开始接二连三地在报刊上发表“作品”了。而且，我还破天荒地让作文得了回地市级奖励。

读到这里，中学生朋友也许会纳闷：怎么搞的，我还没明白呢，咋就一下子完成了从怕作文到发表作品的修炼了呢？在这里，我要告诉大家一个写好文章的诀窍：用自己敏感的神经和敏锐的眼睛去观察生活，从平常中发现不平常。也就是说，要从大家习以为常、司空见惯的事情中发现其中的“道道”，即带有典型性和普遍性的东西。

大学毕业后，我被一家报社聘为记者。实习时，报社领导安排我每天上街“扫马路”，即采写一些鲜活的新闻。我知道，这是领导在考验我，看我是否具备从平常中发现不平常的能力。辛辛苦苦地跑了一天，我发现自己所见到、听到的别人早就都写过了。懊恼的我走进一家小饭馆，边吃饭边看电视。电视上《新闻联播》的前奏曲刚出现，老板就调了台，边调台边说：“看看有没有武打片。”我和好几个食客问他为啥不看中央台的新闻，老板笑着说：“新闻不招徕人，放新闻把生意都放凉了。”我灵机一动，一篇好文章简直是“得来全不费功夫”啊。

吃完饭，店老板找零钱时，习惯性地对我付的那张崭新的百元人民币进行了手摸、光照等多种防伪检查。最后，他采取了一个特别的防伪检查动作：在防伪金属线上撕了一个约五毫米的小口子。显然，这是不对的，至少违反了人民币管理条例。谢天谢地，又一篇好文章来了，我在心底为自己叫好。

随后，我走访了西安一些主要居民区，发现其中的饭店十有八九都有遇见新闻就调台的现象。于是，我当天连夜写了《路边小饭店为何遇上新闻就调台》的小调查，又写了《撕口子防伪之举不合法》的新闻观察。文章交上去后，很快发表了。

对中学生而言，写作文、写好作文似乎并不是件容易事。我的体会是，必须留心，要在见到一个题目后，联系平常生活中的人和事，再从这些平常中发现不平常，按照自己说话的方式写下去、练下去，就会写出好文章的。

因为，好文章就住在你隔壁，只需你去敲门而已。

批评家缘何成了被批评对象

七月下旬，电影批评家解玺璋的新书《观影》出版。在序中，张艺谋怒斥“有些所谓的影评人被制片公司或集团拉拢，成为收买下的宣传工具”，呼吁“我们的社会需要独立和犀利的影评人”。

八月中旬，一向慎言的贾平凹亮相上海书展，罕见地公开抨击某些文学批评家“棒杀”作家作品的行径：“相当一部分书评人，只是将评论对象的书翻看开头几页，就开始不负责任地信口开河。”

有网友戏称，张艺谋、贾平凹这两个老陕“掀起了 2013 批评批评家的风潮”。谈及批评，我想起鲁迅先生说过的一句话：“批评必须坏处说坏，好处说好，才于作者有益。”然而，现今我们却很难听到“坏处说坏，好处说好”的批评声了。我们身边，很多不读作品、不懂创作、不说真话的“三不”批评家在晃，“棒杀”好作品给差评，“捧杀”该被批的给予“好声音”。这样做，危害很大：助长投机者的冒险心，打压创作者的自信心，最终会扭曲一代人的审美观。

批评家成了被批评对象，这幕丑剧不是偶然发生在影坛、文坛的个别现象，而是长期存在于美术、书法、音乐、电视等文艺领域的普遍现象。我们都有这样的感受，在对某部作品感到茫然，期待批评家给出专业、权威的评长说短时，批评家们却“假唱”不止。你看，在文学作品研讨会上，常有批评家简单按摩式批评后，就“学贯东西”地使出“捧杀”招，不仅与某世界名著比较，还甩出顶“中国的 ×××”的帽子给作者戴；你看，今夏十几档歌唱类选秀节目里，很多导师和评委娴熟运用“棒杀”技，将批评当成表演，措辞严厉、表情过度、肢体做作，只是对音乐批评的介入几乎是零……

批评家成了被批评对象，是他们整天周旋在满足各种需求间，忙着或受经济利益左右，或为人情圈子所困，或被行政权力所囿；唯独忘记了自个儿的身份，忘记了探讨创作奥秘、判断作品价值、总结艺术规律这一分内事。如张艺谋所言，批评家一旦“成为收买下的宣传工具”，势必沦为经济利益或政治权力的奴隶，只能操起庸俗市侩的腔调，说着掩耳盗铃的假话、空话、大话。这既是批评家个人的悲哀，也是一个时代的悲哀。

批评家成了被批评对象，是因为该说真话的他们却偏偏不说真话。结果，这个“大师”、那个“半仙”的空话和假话就乘虚而入地来抢夺话语权。于是，原本并不怎么样的作品在病毒式传播中占据舆论制高点。这样，批评家就成为他人谋取利益最大化的帮凶。此举，不仅削弱了公众对批评家的信任，损害了消费者的利益，还会伤害到文艺的明天。

创作与批评，被称为“车之两轮，鸟之双翼”。少数批评家的不作为，把“车”的“轮”放了气，让“鸟”的“翼”受了伤。那么，有没有让批评家不被批或少被批的“良药”呢？我以为，处方就是要找回丢失的传统，即：用真诚的充满信心的态度，找回批评的科学性、专业性和批判性；找回真实是批评基石的信念，做个有底线的批评家；找回批评家与创作者真诚互动的关系，在碰撞、交流和回应中相互砥砺、相互提高；找回研究理论的学风和清新自然的文风，在有理论高度的思想指导下，把艰涩难懂的术语转化成民众喜闻乐见的语言；找回澄明纯净的批评风气，用真知灼见去抵制那些应景的、人情的、营销的、潜规则的，甚至是恶俗的非文艺的江湖游戏；找回并擦亮批评的面孔，在引领受众深入探讨作品、充分理解艺术的同时，提醒创作者创作出适应读者、服务时代的艺术精品。

一个真正繁荣的文艺事业，应包括创作繁荣和批评繁荣。我希望，那些对真话“失语”的批评家早日警觉，别再当艺术快餐品的应声虫和代言人了，本着对现在和未来负责的态度，以满足受众不断增长的享受更高品位精神文化产品的需求为己任，亮出批评利剑，声音响亮地发出自己的好声音来！

文学奖还能愉快地评吗？

岁末年终，回望这一年来纷纷扰扰评选出来的各大文学奖，我吃惊地发现，居然没有一个文学奖是愉快地评出来的——

鲁迅文学奖，是 2014 年颁发的诸多文学奖中的最大牌，但一开始就身陷跑奖传闻，揭晓后再陷 18 部提名作品零得票漩涡；老舍的儿子舒乙说，因为技术环节差错的缘故，老舍文学奖差一点就被撤销；而路遥文学奖则从起根发苗之日起，就一直是在信任危机中艰难成长……

显然，2014 年这几个文学奖评得不但不愉快，甚至还有些令人窝火。

文学奖还能愉快地评吗？公众对文学奖的质疑，其实就是对评委的质疑。说白了，是公众对评委的艺术素养和审美标准产生了怀疑。以获称“史上最规范、最透明”的第六届鲁迅文学奖为例，各评奖委员会经过认真阅读讨论，8 月 7 日评出了 70 部作品获提名奖；8 月 11 日，评委们投票表决产生了 34 部获奖作品，同日还公布了所有评委实名投票情况，以及 70 部提名作品最终的票数，其中，有 18 部提名作品得零票。

那么问题来了，70 部提名作品是怎样产生的？当然是经过评委评选产生的。18 部零票作品当初是怎样进入提名的？也是由评委投票产生的。提名和终评的评委是一拨人吗？这个，我不得而知。如果是一拨评委，其艺术鉴赏力缘何在短时间内大逆转？若是两拨评委，对同一作品的认知怎么会差别这么大？如果假设成真，该奖项何谈权威与公正？

文学奖还能愉快地评吗？公众对文学奖的质疑，说白了就是对评委有没有坚定的价值信念的质疑。专业评委不被信任，无法树立其权威地位，折射出当下文学及文学奖生态的糟糕。不客气地说，一些评奖已沦为少数所谓评委的折腾了！众所周知，任何评奖都带有很大的偶然性，获奖者既要有才气，在很大程度上还得靠运气。所以，作家要对评奖看淡些，千万别太当回事了，要把更多的精力放到创作上去，看看人家的作品好在哪、想想自己该咋提高……

对获奖者来说，即便你手捧盖有国家某机构大印的获奖证书，也并不意味着创作成就达到了国家高度。能幸运地获奖，也只能说明，你的作品恰好符合了数个或数十个评委的标准而已。但，评委标准和艺术标准却是两码事，即便作品幸运地通过评委标准的审阅，也绝不能说该作品就达到了艺术的最高标准。何况，文学本身就是见仁见智的事。

文学奖还能愉快地评吗？作家，永远都是凭作品说话和立身的。我不知道，今年那些上榜的获奖作品，有多少是速朽的；也不知道，100 年后爱好文学的子孙，在浩如烟海的故纸堆里检索到“某某作品曾获某某奖”的词条后，会做怎样的感想。我想，他们要么吐槽当时评委的鉴赏水准有误导后人之嫌，要么埋怨当时作家才力不济没留下那时代最生动的书写。

时代的洪流永远向前奔腾不息。文学奖，自然不会因为几句民间的牢骚就止步。2015 年，备受瞩目的第九届茅盾文学奖进行了评选并揭晓。如何从第九届茅盾文学奖开始，减少公众对今后文学奖的质疑，将他们的目光引导到纯文学上，这确实值得深思。面对这个无比深刻和无比丰富的时代，建立一套科学合理的文学奖运行机制显得尤为重要。我以为，各类文学奖要愉快地评选，至少应做好三方面的改进：一是夯实地基，在评奖之前就审慎地做好“评委”的评选工作；二是打开大门，除坚持现行审报机制外，还要想办法吸引那些耐住寂寞潜心写作、不会炒作不问收获的作家和作品进来；三是登高望远，心怀历史感和使命感，把那些专家喊好、读者点赞的作品评出来，让所评出的获奖作品，在永远年轻的时间面前尽可能地存活得长久些，再长久一些。

文艺批评不能只“评”不“批”

因职业关系，笔者最近参加了几个文学作品研讨会，一个突出的感觉是：夜莺般的批评家只“评”不“批”，在听似赞歌一片的研讨声中，批评的无效化和泡沫化令人心忧。

在文艺批评中，“批”有批驳、批判的含义在，“评”则含评说、评论的意思。显然，“批”是“评”的前提和基础，“评”是“批”的补充和延展，两者相互作用，彼此影响。在具体的批评过程中，可先“批”后“评”，也可先“评”后“批”，还可以“批”“评”结合。遗憾的是，很多批评家在研讨会的发言中，顾此失彼，只“评”不“批”。

为什么会出现这种怪现象？一个很重要的因素是，很多批评家，尤其是学院派的批评家，偏重于宏观的考据和引证，不屑于具体的评价和分析，潜意识中认为“评”比“批”更重要，更能显示专业水准。此外，有的批评家难以摆脱物质利益羁绊和人情关系的束缚，怕说真话坏了批评圈的“圈规”，要么违心地大唱赞歌，要么蜻蜓点水地批评那么一下。他们的话语中，时不时冒出吓人的宏大理论谱系，东方文学的什么传统、西方文学的什么主义等，把原本可以明白晓畅的话，非要“掉书袋”“兜圈子”般绕着说，猛一听似乎很旁征博引，颇具批评家的风范，但仔细一想，他们说了创作者的逸闻趣事，谈了自己的深厚交情，讲了很多这样那样的理论，偏偏对作品的不足、改进提高的具体意见等创作者最想知道的关键部分，压根不说或是一笔带过。这一不负责任的做法，丢掉了批评宝贵的问题意识，模糊了批评明晰的判别能力，消解了批评应有的战斗力，也有愧于批评家的称号。

有人调侃说，世界上最远的距离，是文学创作和文学批评之间的距离。召开文学创作会议，是缩小两者差距的有效途径之一。围绕文学创作的会议，无外乎作品写好后的改稿会、作品发表后的研讨会和作品获奖后的庆祝会三种，其中以研讨会最为普遍。众所周知，文学是一门“缺憾的艺术”，不少作品都带有很大程度上的“未完成性”。从这个意义上说，围绕文学作品而开的研讨会和庆祝会，更像是 2.0 版和 3.0 版的改稿会。对创作者来说，广泛听取和吸纳各方批评家的真知灼见，在下一部作品中“改正”上部作品中的缺憾，是筹办文学会议不变的初心。因为，这样的会议是有利于解放和助推文学创作生产力的。

文艺批评是一件严肃的事情，批评的核心是“批”。批评家“批”得准了、狠了，“评”就会更精彩。从小处说，对创作者的作用和意义会更大；从大处说，提高公众审美、引领社会风尚的效果会更明显。要扭转只“评”不“批”的流弊，需要每位批评家打磨好批评的“利器”，把好文艺批评的方向盘，用尊严来还原批评的战斗力，拿出“剜烂苹果”的胆识和勇气，说真话、讲道理，实事求是地对作品褒优贬劣、激浊扬清。

冬日里吹响一支春天的歌

——在首届全国中学生作文大奖赛颁奖大会上的演讲

鸡年岁末，古城西安还沉浸在一片萧瑟寒冷的氛围中。在高原雄壮的挺进曲的号召下，我们聚集在陕西师范大学，参加“首届全国中学生作文大奖赛”的颁奖大会，在这个冬日里吹响一支春天的歌。

文不老，人亦不老，一个永恒的心愿使我们相会在这里，共同的追求把我们维系在一起，一大群不甘寂寞的灵魂在冬日的清晨渴望春天的到来，大家用纸和笔、用星星和月亮、用青春的热情和活力、用鲜花和掌声感受着来自大地母亲的温暖。

我们正值年少时节，我们是跨世纪的一代。我们挥手向日渐远去的二十世纪做最后的告别，我们向即将到来的二十一世纪发出青春的喝彩！

我们都是热爱缪斯的孩子，我们用稚嫩的笔书写着五彩缤纷的世界，我们用真诚的心歌唱着绚丽多彩的生活。二十一世纪需要我们去开拓，二十一世纪的文坛需要我们去开拓，历史的重任已搁在我们年轻的双肩上，这是历史的选择，是我们这代人无上的光荣！

我们年轻，我们如初绽的花蕾，我们需要阳光和雨露的滋润；我们年轻，我们如学步的孩童，我们需要前辈们的指引和扶持。让我代表所有的获奖作者，向为我们这次相聚提供机会的主办方表示衷心的感谢，向各位前辈、老师们真挚地说声“谢谢”。

“全国中学生作文大奖赛”像一条七彩的纽带，把千千万万个热爱生活、钟情文学的少年朋友紧紧地联系在了一起，使我们年轻的心在此得以共振。让我代表所有的参赛者，向本次大赛的组织者和各位朋友说声：“你们辛苦了！谢谢！”

时代洪流永远奔腾向前

——在“我们的中国梦——讲述中国故事”颁奖礼上的演讲

非常感谢不知名的评委把这个重要的奖项授予我。得知获奖后，我心里一直很忐忑，说实话，数以万计的文艺创作者都比我更有理由接受这项国家级荣誉。

作为一名业余的写作者，我深刻地知道：自己的作品虽然获了奖，但还有很多不足之处亟待完善。一部好作品，不仅在当下要有人读，更要接受未来目光的挑剔。

要想拥抱这个世界，你必须先迈出自家的门。当世界被缩小成地球村之后，哪怕站在中国最偏远的乡村，我们也要抬头仰望世界的天。只要胸怀天下、思考当下，我们就自觉会对自己的思想、境界、激情、耐力等，不断地进行痛苦而幸福的提纯。时代洪流永远奔腾向前，置身在这激流勇进的大时代，我们当然要纵情放歌！

作为一个矿工出身的写作者，我对“走出去”尤其深切关注。这是一种带着强烈职业色彩的关注。这次获奖的《风从中国来》，说的是以全国劳模李令选为代表的陕西工人，在世界上最热的非洲和最冷的蒙古国把事干成了的故事，是我对技术“走出去”关注的成果。去年，我还写了篇《当心洋合同暗算中国作家》，说的是当代作家作品输出的安全话题，是我对文化“走出去”忧思的结果。

从本质上说，我所从事的文字工作，和我的矿工兄弟们在井下挖煤没有区别，都是一种劳动。人活世上，除了吃喝，还得劳动。对文艺家来说，没有什么能比关注劳动更重要了。关注劳动和劳动者，为他们的喜而喜，和他们保持心灵相通，忧他们之所忧，不回避他们遇到的问题，艺术女神迟早会把橄榄枝点到你的额头。

获奖已成为过去，生活需要继续创造。感谢时代，感谢生活，感谢我的领导和同事，感谢我的老师和朋友，感谢我的父母和妻儿，我现在最想说的是，请大家监督：我会快速将自己“清零”，以更大的激情投身时代洪流，努力创作出更多更好的中国故事！

风刮来了

——在第五届冰心散文奖颁奖礼上的演讲

在英伦奥林风横扫地球村时，接到中国散文学会的获奖通知后，我对自己说：风刮来了。

知道冰心散文奖是在十年前，当时，一位兄长收获了首届冰心散文奖。作为散文艺术爱好者，我深知它的高贵。为此，我一直告诫自己：把握住今天的所思所悟，努力写出超越昨天的文字。成为本届冰心散文奖五个理论奖得主之一，是我写作二十五年的一个意外惊喜。借力这股东风，我要多扬几锨，让风吹去秕谷，让粮食入仓。

今天，和我一同走上领奖台的，有飘荡在长安城我家上空的风，藏在黄河古道下的力量，终南山上神秘修行的隐者；还有躲在典籍里不想见我的智者，以及他们派出的汉字侍者军团；还有北部湾上空明丽的阳光，银滩海域摇橹者的歌声，弥漫在百年老街里的市井之声……

还有，我喜欢的那位爱大海、爱玫瑰的老人，她对我们说：有了爱就有了一切。她教我们用一颗包容的心，做一个海化的读书人，并试着用笔记录所看到的，所体悟到的，为之心动的和渐远的一切……

感谢生活，感谢文学，感谢冰心老人，感谢不知名的评委，感谢美丽的北海……

感谢那个发明了省略号的人，让我把无限的感谢放到六个小黑点里。

把心掏出，交给读者

——《写作导报》创刊 10 周年贺词

走进一月，时光老人为我们掀开新年隽美的封面，岁月的巨手为我们送来如诗如歌的日子。在与全球 60 亿人恭迎新年旭日升腾之际，我们迎来了《写作导报》创刊 10 周年的喜庆。本报同仁与读者朋友一道同喜同贺！

引路书山，导航文海。创刊于 1992 年 1 月 1 日的《写作导报》，10 年来，与我国语文改革同呼吸、共命运。

遵循求新而不猎奇、求博而不芜杂、求精而不晦涩、求快而不粗糙，坚持引导知识、趣味实用并重的办报方向，《写作导报》不断发展进步，受到读者的欢迎，形成了课内教技法、课外拓视野的独特风格。她在帮助人们，尤其是中学生朋友认识、了解阅读和写作对于一个人的重要，领会和掌握阅读和写作中最基本的技法。2000 年 9 月，《写作导报》分成初中版和高中版。分版后的初中版以期期关注中学校园、关爱学生精神的理念，快速健康地驶入良性发展的快车道。现今，《写作导报》初、高中两版并驾齐驱，已成为雄踞西北、发行全国的一份语文类大报。

10年来，广大读者给予我们大力的支持和无微的呵护。我们以朋友之心对待着每一封来信、每一个电话，对于读者的意见和建议，我们始终从善如流。因为，读者是报纸质量最权威的终极裁判员。他们普遍反映：订《写作导报》，语文成绩提高得快，写作水平提高得快！事实上，我们始终本着“把心掏出，交给读者”的工作态度来办这张报纸。

10年来，一大批教有专长的第一线语文教师及语文界名家与我们相知、相识，使《写作导报》形成了一支稳定的高素质撰稿人队伍，对保证每一期报纸的高质量、高品位做出了积极的贡献。《写作导报》能取得今天的骄绩，他们功不可没！

10年来，成千上万的学生作者在这里播下了文学的第一颗种子。据不完全统计，10年来，《写作导报》的学生作者有百余人加入了省一级作家协会，已有10人出版了个人的小说集、散文集、诗歌集。现在，他们中的优秀者不仅活跃在中央和各省级新闻、文化单位，而且活跃在日本、美国等国家。

十年磨一剑。在这喜庆的日子里，谨向多年来关心与帮助我们的读者与各界朋友表示衷心的感谢与崇高的敬意。诚望大家一如既往，鼎力相助。《写作导报》也将与时俱进，回报大家的厚爱，做您最贴心的朋友！

《秦商史话》后记

面对日新月异的科技给当代社会带来的改变，笨拙的我时常选择逃离。在逃离中，我常常这样自我警示：和时尚保持距离，保留心底的温润。只有静下心来读书写字，我才是我自己。母亲常微笑着善意地劝我：你是属虎的人，却是属鸡的命，哪一天不啄食，就得自个儿饿肚子！老娘说得对，我就是“属鸡的命”。说实话，谁都想时髦一回。但，我更害怕跟时髦没跟上，反把自个儿弄丢了。

这年头，不把自己弄丢，绝对不是一件容易的事。

大概是在2012年冬日里的一天，太白文艺出版社申亚妮编辑告诉我：社里准备申报一个千年秦商文化丛书的项目，已经确定了几位写长篇小说的大家，现在还缺一本统摄的秦商史。问了好多人，大家都推荐我来啃这块“硬骨头”。她希望，不要写成纯学术书，要有历史的现场感和时代的气息感，要能让高中以上文化程度的读者，通过这部书对秦商文化有个基本的认知。我明白，这是个吃力不讨好的活儿。本想当面谢绝的，但终究怕话出口彼此都下不了台，就搪塞：先摸摸底，这事儿以后再说。

这边，两个“我”在不停地“激战”——

“甲我”问：你从来没有涉足过经济、政治等学科的知识，有揽下这瓷器活儿的金刚钻吗？“乙我”答：我学过中文、新闻和法律三个专业，具有研究秦商史的基本功底。

“甲我”又问：你有从商经历吗？“乙我”复答：我是一个没有经商经历的温州人，但从 20 世纪 90 年代末起就开始关注秦商；2009 年至 2011 年还全程参与了三届“中国西安创富实践家创业大赛”的策划，知道了近千名秦商的创业故事。

“甲我”三问：你只是一个无名之辈，凭什么来驾驭这个大题材？“乙我”三答：契诃夫说过，有大狗，有小狗，小狗不该因为大狗的存在而心慌意乱。所有的狗都应该叫。也许，我可以多下笨功夫……

那边，申亚妮编辑执着地推进着。2014 年的一天，她告诉我，千年秦商文化选题入选陕西省重大文化精品项目了。随后，她给我找来了秦商研究第一人、西北大学博导李刚教授 300 多万字的学术资料。面对这沉甸甸的资料，我感受到一位编辑肩上沉甸甸的责任！我再也不能不识抬举了，于是只好赶着鸭子上架了。2015 年的一天，她告诉我，这个选题入选国家出版基金资助项目了。虽然她没有明确催我啥时交稿，但我却感到压力更大了。

在准备这部书稿的日子里，我几乎把工作之外的全部时间都投入到对书籍资料的搜集和阅读中去了。在翻阅了两千多万个汉字后，我终于把住了秦商的脉搏。这次“恶补式”的深阅读，使我认识到：自己所研究的秦商是跨越时空的大秦商，既包含狭义的秦国、秦朝或秦地的商人，还应囊括广义上那些来秦地经商创业成功的外省人，以及那些去他乡甚或走出国门成功经商创业的秦人；除要研究各历史阶段有代表性的秦商外，还要还原他们当时的社会和历史场景。在古今中外的任何一部历史文本作品中，“人”和“事”都是永远并存的“双核”。要写好秦商史，就必须紧紧抓牢“那些人”“那些事”，以“那些事”来再现“那些人”所体现的生命气象，借“那些人”来折射“那些事”所透露的时代气息。

和前期超量的资料阅读和搜集相比，后期的写作是一次比蜗牛还慢的爬行。由于白天要认真处理报馆的诸多事务，我只能揪住晚上和节假日休息时间，去努力接近历史并力图还原真相。在漫长的写作过程中，史料核实和梳理十分烦琐，远远超出此前的设想，好几次都心生崩溃感。远去的时代，对现代人来说，或许只是一个比较空洞的概念，那些具体的、沉淀已久的琐碎的细节，才是重新点燃那远去时代的火种。

让我感到痛苦不堪的是，真相往往消逝在苍茫的时空中，根本不想见我。真相以碎片化的方式，幻化成时断时续的细节。我置身在大历史之中，采集那些被别人忽视的不屑一顾的细节。正是这些不被重视的细节，因为时间久远而变得格外巨大。所谓文章的功用，就是用细节来展示整体，借以承载更多、更广阔的众生世相、风云变幻，以及这种变幻对历史、社会的冲撞和渗透。作为一个商界的局外人，我只能从发黄史册的只言片语记载和耳目所及，找到些许残留的切片。

因此，我写的只是我所认知的，而不是庞大的秦商本身。我只能凭借历史记忆留下的轮廓，联想当时的面貌，撰写心中的认识，努力让那一段段的历史和一个个生灵凸显，争取给未来留下一笔文献遗产。写作者就是借助汉字这个载体，给读者传递自己的思想深度、生活积累，以及对生活的领悟能力的一类人。如果书中某个段落或细节能够将读者打动，并促其浮想联翩，继而生发出感悟，那无疑是一件快乐的事。努力写一本让读者喜欢的书，写作者需要回归到写作这件事本身上来。庆幸的是，在过去的日子里，我看守住了自己，没有把自个儿弄丢。我想，今后我也许会一直这么坚守下去，并一个劲儿地努力前行。

作为写作者，我早就该回归到写作这件事上了，让心慢下来静下来，在寂寞和冷清的时光淘洗中，淬炼出一种高贵的精神，倾吐出能震撼灵魂的文字。但很多事，往往说起来容易，做起来难。真正要做成一件事，不仅需要足够的时间，还需要在遥遥无期的等待中，坚守住自己“好好学习，天天向上”的初心。想到这些，我所能做的，就是在自己营造的一方世界里，像掌管人事大权的组织干部那样，用好对每一个文字的任免权。

在写作这部书的过程中，我时时警示自己：使深阅读的劲，写浅阅读的书。全力推倒学术围成的高墙，在历史和当下之间，架一座有温度的桥，努力让那些稍纵即逝的个体生命，从浩瀚的历史喧哗中跳出，传递出历史深层的些许私语。我一次次地痛苦，又一次次地超越，并最终深潜到历史的血雨腥风中，以当代人的眼光，去审视你方唱罢我登场的财富流变史，试图用笔来传递千年秦商的演变历史，揭示秦商在波澜壮阔的社会变革中冥冥的历史宿命，让读者从这部书中，既可以汲取到文化的养分，又可以获取心灵的慰藉。至于能否达到预期的效果，还有待包括千万秦商在内的广大读者和时间的检验。

在写作这部书的过程中，我并不是一个人在战斗，四周有成千上万的身影在闪现，他们从历史的隧道中跳出来，萦绕在我的身边。在夜深人静的时候，当我进入工作状态后，许多的人物，他们的感慨和话语纷纷涌来，他们不留痕迹地在电脑键盘的敲击中匆匆一现，又回到属于他们的时空中去了。

现在，呈现在读者诸君面前的这些文字，是我和五千年秦商历史碰撞后的产物。科学家牛顿说过：“我不知道在别人看来，我是什么样的人；但在我自己看来，我不过就像是一个在海滨玩耍的小孩，为不时发现比寻常更为光滑的一块卵石或比寻常更为美丽的一片贝壳而沾沾自喜，而对于展现在我面前的浩瀚的真理的海洋，却全然没有发现。”我不知道在读者诸君眼里，这部书是个什么样子。

之所以能写成这部书，得益于无数先贤、前辈师长的研究成果，梳理和提炼他们关于秦商文化的成果，是我写作的一个重要使命。在引用他们的成果或观点时，我或在文中直接引用，或以文下注的形式，来表达一个后辈学者对他们高山般的仰慕和崇敬。至于书中所出现的错误，皆因个人学识浅薄所致，希望读者诸君能宽恕并不吝赐教，以便再版或重印时订正。

感谢著名人文学者、清华大学和西北大学资深教授张岂之先生冒着酷热审阅并为拙著题写书名，老先生的呵护与关爱，给了我更多的前进力量。

感谢著名文学评论家、中国作协副主席李敬泽先生，在百忙中为拙著拨冗作序，他饱含真诚与热情的鼓励，坚定了我继续前行的信心。

感谢申亚妮、蔡晶晶、薛怡然编辑，感谢太白文艺出版社，将我在心中藏了 20 多年的愿望，变成这样一部可以散播的书稿。

在纪念席勒逝世 100 周年时，德国作家托马斯·曼曾写过："终于完成了，它可能不好，但是完成了。只要能完成，它也就是好的。"是的，"只要能完成，它也就是好的"。

现在，就让这部书传播散布吧，一传十，十传百。

望着窗外阴雨过后久违的蓝天，我贪婪地深吸了一口新鲜的空气，虔诚地祈愿：神通的上苍啊，请赐我这部书和读者以好运吧！

送你 27 个宝贝
——《丝路家书》自序

我亲爱的好朋友，感谢你能从书的海洋里，采撷这朵小小的浪花。谢谢你，真的。这是我专门为你写的书——一本通过文化的双眼来看丝路中国和世界遗产的书。

文化遗产是人们共同记忆的载体。世界遗产是被联合国教科文组织和世界遗产委员会确认的人类罕见的、目前无法替代的财富，是全人类公认的具有突出意义和普遍价值的文物古迹及自然景观。目前，全世界有 1092 处世界遗产，分布在 167 个国家，我们中国有 53 处。

2014 年 6 月 22 日，在联合国教科文组织第 38 届世界遗产委员会会议上，中国、哈萨克斯坦和吉尔吉斯斯坦三国打包申请的“丝绸之路：长安—天山廊道的路网”获批，丝绸之路上的 33 个点成为世界遗产大家庭的新成员。其中，丝绸之路中国段有 22 个世界遗产。

我在对丝绸之路的考察中，把此前早就认定的、我认为和丝绸之路有关的 5 个世界遗产点也加进来了。这样，丝路中国段就有了 27 个世界遗产点。

你是知道的，我亲爱的好朋友，在我们生活的这个苍茫而辽阔的星球上，在亚欧非大陆上蛛网般密布着一条丝绸之路：不同种族、不同肤色、不同语言、不同信仰、不同文明的商贾、军卒、使者、质子、朝圣者、僧侣、牧人等，在声声驼铃和马嘶声中穿越亚洲之脊、城镇和绿洲，连接起亚欧大陆的两大著名城市长安和罗马，让不同的文明相互碰撞交流，让更多的人认识到一个复杂交织的世界。

那次，你很认真地告诉我，你和很多小伙伴并不明白丝绸之路是怎么一回事。你说，学校发的和书店买的那些关于丝绸之路的书都看不懂。

当时，我没有回答你的问题。

但是，作为一名汉字学习者、使用者，听了你的话，我的心像是被什么狠狠地刺了一下，是很疼的那种痛。可是，我又能为你做些什么呢？面对你山泉般清澈的目光，我常常为自己的无能为力感到羞愧。

后来，我终于有了一个去“丝绸之路：长安—天山廊道的路网”中国段考察的机会。不管对你，还是对我，这都是一个难得的绝好机会。我也做好了带你一起去走一走、看一看的准备。可惜，组织者后来把出发的时间提前了，而你因为要在学校读书，最终没能成行。这真是一件憾事！

为了弥补这个遗憾，我就用手中的笔，其实也不是笔，准确地说，是用电脑的键盘或者手机，记录下一路上的所见所闻。积沙成塔，就成了眼前这本小小的书。这 27 个丝路中国的世界遗产点，是上苍留给我们的礼物。它们是：位于陕西省的秦兵马俑坑、汉长安城未央宫、唐长安城大明宫、张骞墓、大雁塔、小雁塔、兴教寺塔、彬县大佛寺，位于河南省的汉魏洛阳故城、隋唐洛阳城定鼎门、汉函谷关、龙门石窟、崤函古道石壕段，位于甘肃省的麦积山石窟、炳灵寺石窟、锁阳城、悬泉置、玉门关、莫高窟、嘉峪关长城，位于新疆维吾尔自治区的克孜尔尕哈烽燧、克孜尔石窟、苏巴什佛寺、高昌故城、交河故城、北庭故城和新疆天山。作为好朋友，我把这 27 个宝贝，一股脑儿地送给你，希望你能喜欢！

我亲爱的好朋友，当我的步履踏上长安、洛伊、秦州、甘州、安息、肃州、武威、张掖、敦煌、鄯善、精绝、于阗、康居、莎车、疏勒、龟兹、且末、小宛、焉耆、车师、山国、姑墨、楼兰、葱岭、大月氏、交河、高昌等古老的地方后，那些史书上和传说中的故事和人物都争先恐后地跳出来，陪着我走了一段又一段，述说着那些快要被时间忘掉的千年往事。我是走了一路，看了一路，听了一路，想了一路，又用心地写了一路。他们的故事依旧鲜活，他们的神采依旧飞扬，他们留在丝绸之路的精神，点亮了我荒芜已久的心灯。

必须要说明的是，和你平时读的文学书、教科书不同，这是一本播种的书。我想要播撒的种子，就是丝绸之路上那些非常奇特的建筑、那些非常震撼的文物、那些非常动人的故事、那些非常奇特的想法、那些非常美妙的心愿，等等。现在，我把它们都种植在这本小书的字里行间。只要你拿出来读，它们就会精灵般一个接一个地出来，跳进你的大脑中，融入你的生命里，最终化为你智慧的养分。

和许多功利性很强的辅导书所不同的是，我不敢打包票说这本书会对你如何如何。尽管这是一本有益的书，你可以从中知道我们从哪里来、都做过什么，还将知道我们要到哪里去。我敢肯定，这本书绝对不会让你的成绩像拔着头发飞起来那样提高的。而且，我还敢肯定，读这本书对当下的你几乎是没有用处的。

也许，没有用处就是一种用处，当下没用并不等于长远没用。我希望，在若干年后的某个瞬间，这本书里的某个故事，甚至是某一句话，会从你记忆深处的褶皱里跳出，像鸟儿那样迎着阳光，在枝头放声歌唱。我亲爱的好朋友，你是知道的，那一定是种子发芽、开花，或者结果了！

把好东西拿出来，和好朋友一起分享，这样，一个人的快乐，就会成为一群人的快乐。这是我的一条人生经验。我希望每位拿到这本书的好朋友，都能相互转告并积极行动，从而让更多的好朋友知道和阅读这本有益的书。

谢谢你们，谢谢你们选择了这本书，以及为这本小书的付出！

赶一场春天的赏花会

——张亚凌《心似花开》序

我不认识张亚凌，但这并不能阻挡我对她散文的喜爱。

一个春光融融的正午，《学子读写报》的王智魁老师来电告诉我，张亚凌老师的第二本散文集要出版了，想请我写序。我并没敢应承写序这事，只在电话里嘱托先把书稿发我拜读。

就这样，我走进了她美丽的文字。作为文学追梦人，张亚凌将文字根植于黄河边肥沃神奇的土壤，绽放出五彩斑斓的花朵。三月阳春，万物向上，让我们静下心来，细细品读张老师美丽的文字，一同赶赴她创造的这场春天的赏花会吧。

在全书“爱，澄澈了天空”“心灵殿堂，不能缺席”“有爱，才有话说”“我的眼睛，你的心”“心泉叮咚，温润你我”五个分辑里，她以静美的笔触、平实的笔调，用那双发现美的眼睛，写景抓特质，写人抓个性，呼唤和谐友善的生活场景，呼唤心灵诗性的回归、提升，抵达生命最初也是最终极的追求——真与爱。

值得一说的是，她的散文接着地气，不矫揉，不飘浮，以浓厚的生活气息，踏实的写作态度，将细腻的情感与知性视觉有机结合，完成了对我们司空见惯的人、事、物的描述，并常常给读者以超越事物表象的独特发现。

我还注意到，在张亚凌的文学梦中，她也常常被梦中的疼痛所惊醒：

她感慨："不拒绝收藏，竭力去做，善的细流，定将汇聚成爱的海洋。"

她清醒："今天买车，明天买房，那的确是富有的标志，倒未必是幸福的标签。"

她庆幸："阅读，是种幸福：幸福自己，也传幸福给他人。"

她自责："我热爱读书，也常常感动于书中浓浓的亲情并为之而泪流满面，可却伤害着至亲的您，我的母亲！"

她了悟："不求你说出的话是板上钉钉，一个唾沫一个坑。只愿你别忘了给自己的承诺，别失信于自己！"

在传道授业解惑之余，张亚凌用散文化的下水文来引导学生热爱写作，触及当下人们心灵的柔软之处，体现了一个教师作家强烈的责任意识和使命感。

我以为，《心似花开》这部散文集有三美：韵味美、细腻美、文采美。还有三真：真生活、真情感、真学识。我知道，《心似花开》里收录的作品其实只是张亚凌的"过去时"。未来，张亚凌的写作还有着无限的空间和可能。

提高现代文阅读和写作成绩的金钥匙

章学锋作品
现代文阅读试题详解

夜听

许久以来，我总喜欢一个人夜静时独步户外，在大自然的怀抱里听夜的声音。白日的喧闹褪去后，留下的就是沉默的景物了。其实，它们也自有言语，只可惜我天生性愚，无法获知。信步幽雅、清净的佳处，满身满心满目满耳都充盈着无以言状的快活。

在几颗星子的映射下，秋夜愈发显得天地广阔、空气清爽了。其间，有微微的清风悄然来去，不必去看，仅用耳用心去听就足矣。听，清冷冷的风掠过树梢、穿越果园，正悄然走来。田园寂然，唯风在演奏自然的小夜曲，如山涧清泉细唱，似琴韵低沉缓歌。风儿若有脚的话，那我一定拉住紧握在掌心，问它炎夏里去何处休闲了。风不语，只是唱，如流浪的行吟诗人。

偶尔，有未入眠的鸟儿啁啾一两声随风入耳，沉睡的大自然便活了。虽看不见鸟在何方，但我感念这鸟鸣在刹那间带给我的神思，早年看电视里艺术化了的牡丹瓣瓣向阳而绽的镜头又在眼前鲜活生动开来。可以想象，弱小的鸟儿在清凉的秋夜里奋力滑翔时的努力，所以我更感谢这莫名的鸟儿所带来的快乐。现在，越来越多的鸟儿不见了，能幽雅地听鸟鸣的机会日渐稀少。也许，这是一种文明的遗憾！

淅沥而缠绕的秋雨是这个时节的专利，细雨轻划过夜的唱盘，便有梧桐肥大的叶片空空散着雅韵。我也说不清为什么，有雨的时候就分外地思念故乡，我的那个多雨的雁荡山。莫非，我就是大地云水苍茫的雁荡山间的一滴雨珠儿？细长的秋雨把人的思绪也拉得悠长，听雨听的不是雨，而是我故乡雁荡的心跳哟。

最妙也最无法细说的是听天籁。独立窗前、树下，置身于安详和宁静中，什么都想什么都不想，单凭两耳就可听得满心宁静。隐约的，有虫语，有风声，有莫名的音儿在轰鸣，又在很低细地动，那分明是被宁静渲染后的光晕。天籁，该是天地精灵上天使者吧，要不我怎么老是在听天籁时，听着听着，就听到天人合一去了呢？

环视四野，静夜无语，不觉思悟：人与自然本来就是一个血肉相依的和谐体，人们热爱、开发大自然，大自然又回赐给人以美妙的音响，这样相依生存，多么美好。我从夜听中感应到了白日所无法感应的，并学会珍惜和热爱平淡的生活。

1. 作者说“我总喜欢一个人夜静时独步户外，在大自然的怀抱里听夜的声音”，根据上下文，请你说说具体有哪些让人喜欢的声音。

2. “偶尔，有未入眠的鸟儿啁啾一两声随风入耳，沉睡的大自然便活了。”这句话中，“未入眠的鸟儿”可否换成“不知名的鸟儿”或“没看清的鸟儿”？为什么？

3. 作者听天籁听到了天人合一的境界，谈谈你对“天人合一”的简要理解。

4. 联系全文，谈谈你对“我从夜听中感应到了白日所无法感应的，并学会珍惜和热爱平淡的生活。”一句的理解。

5. 谈谈本文通过夜听表达了几种情怀。

参考答案：

1. ①微微的清风声；②淅沥而缠绕的秋雨；③无法细说的天籁声（虫语、风声、莫名的音儿）。

2. 不能。因为三个短语的侧重点不同，内涵有所区别。“未入眠”强调“我”未见鸟影，只闻鸟声；“不知名”强调看见鸟，但是不知道鸟的品种；“没看清”强调看见鸟，但是看得不仔细、不分明。根据文章内容来看，我们知道作者强调只听见鸟的声音，所以用“未入眠”更符合作者所要表达的内涵。

3. “天人合一”原指道家思想中“人和自然在本质上是相通的，一切人事要顺乎自然规律，达到人与自然和谐”。在本文中，因为“我”在安详宁静的氛围中，聆听着来自大自然无法细说的声音，内心愈发地沉浸在自然之中，像和自然心心相通，所以说作者听天籁听到了天人合一的境界。

4. 白日的喧嚣，让人无法静下心来感受大自然，只有晚上才能感受到大自然的声音，并且从大自然的声音中感受到无以言状的快乐，这种快乐中充盈着风飘忽无形的自由，鸟鸣中带有文明逐渐缺失的遗憾，秋雨中带有思乡的情怀，无法细说中带有天人合一的感怀。这些思索和感悟让我内心趋于平静，并且喜爱这样的生活。

5. ①夜听时无以言状的快乐；②像风般自由的向往；③对文明的遗憾；④天人合一的追求；⑤对平淡生活的珍惜和热爱。

养花小记

一位高中时关系非常密切的朋友，送来一株不知名儿的花儿，说他要去当兵了，也没什么好送的，就从自家花圃中挖了棵花相送，希望我今后能记得我们的友谊。

不敢辜负了朋友的一番美意，送走朋友之后我就匆忙找来一个十分雅致的花盆种上那花。其实，这还不是花，具体一点儿来说还是棵苗，想等鲜花艳如霞、花香袭人的佳境，还不知要经过多少劳动和等待呢。好在我这人爱幻想，对着孤零零的花苗，竟幻想着那花儿已一点点一片片地次第开放，好似电影中的慢镜头那样，叫人看个明白看个尽兴。在那艳丽的花蕊间，不正闪着一颗晶莹透亮的露珠吗？阳光似水一般洒在花上，给花和叶都镀了层自然的美妙的七彩光。恍惚间，花蕊中有什么在动，由小而大地现于眼前，天哪，原来是蒲松龄先生笔下的花仙，随风而舞、广袖飘曳，真是太美了！可惜，一阵风刮来，将灰埃吹入眼内，待我揉毕眼，只剩花苗孤零零地站在花盆中。

想象要变成现实，是非要下一番苦不可的。自此，我便异常勤劳地为花松土、施肥、浇水，眼巴巴地盼她早日开花，将心也悬在了她的身上。一位校友告诉我，花之美在于水灵、在于娇艳、在于自然，并解释说造就这美的天使是水。要不咋说水灵水灵呢？我恍然大悟，大有“听君一席话，胜费数日神”的感觉。

遂不辍为花浇水，日日盼花儿开放，夜夜想花儿开放。如此数日，花儿不见开放，反倒蔫了。见此状后，不觉有几分悲伤，抱怨自己的努力不够，辛勤还不足，未能为花用心，所以花儿一副破败相。反问自己，为何功夫没少下，花儿却偏要来负我这有心人呢？猛然间想起古人以泪浇花，花儿受感动而怒放的典故来，便觉这花儿虽美可太娇贵太叫人受不了了，赌气似的将花搬到窗外，不再理会。

半个多月过去了，某日不经意地向窗外一瞅，竟见那花儿羞答答地开着两朵淡粉色的花朵，小小的，极富生命力的样子，仿佛在对我讲：其实你不懂我的心。弄得我十分被动，为自己的无知和浅薄。

花开的次日，当兵的朋友来信告诉我，那花是喜阳的，一周浇上一次水就可以了。原来如此！这花原本是不需要太多关注的，结果我上心过度却适得其反，竟差点儿害了这小生命。花儿如此，人也一样。别人养花养得满室芬芳，我不能那样，却得到了这个小小的启发，遂记下这段感受，告诉给那些仍在校园里奋斗的至亲至爱的朋友们。

1. 对于养花，“我”在情感上经历了哪几次变化？请结合全文分析。

2．请从修辞角度赏析句子。

阳光似水一般洒在花上，给花和叶都镀了层自然的美妙的七彩光……待我揉毕眼后，只剩花苗孤零零地站在花盆中。

3．文章的语言颇有特色，用了很多诸如“孤零零”“一点点”“一片片”“眼巴巴”“日日盼”等形式的词语，试分析这种表达的妙处。

4．文章结尾说“花儿如此，人也一样”“得到了这个小小的启发”，作者得到了什么样的启发？

5．联系上下文，说说“我”是一个什么样的人。

参考答案：

1．①喜爱。找个雅致的盆种上，幻想着花次第开放。异常勤劳料理花，不辍为花浇水。②赌气不理睬。在花蔫了之后，将花搬到窗外，不理会。③自我反省，认识到自己的无知浅薄。花开了，我得到了启示。

2．①比喻。把洒在花上的阳光比作水，生动形象地写出了阳光柔和的特点，语言唯美，使文章更有可读性。②拟人。“站”字赋予花苗人的情态，生动形象地写出了花苗生长在花盆中的姿态。

3．这些 ABB 或者 AAB 式的词语称为叠词。广泛运用叠词，读起来朗朗上口，使文章更有节奏感和韵律美。

4．每种花都有自己的生长特点，所以不能凭主观臆断，想当然地去种它，要根据其生长习性来栽种。其实人也是这样，每个人都有自己的生活方式，都有自己的性格特点。

5．①珍视友情；②爱花，热爱生活；③性格直爽；④善于思考总结。

河西河东

陈家村是一个被群山包围的村庄，一条冷水河将它分为东西两个部分，自然东边的叫陈家东村，西边的叫陈家西村。

陈家东村的人家天生聪颖，个个都是状元坯子，东村的子弟这几年接二连三地考上了国内的名牌大学，惹得西村的人家老是怪怨自己的孩子脑子太笨，天生不是读书的料。

陈家西村的人家天生精明，个个都是商贾的料子，西村的子弟往往初中还没毕业，就和大人到山外去做生意，把全国的大城市逛了个差不多后，便在城里出售山里的物件，大把大把的钞票常使得东村的人家差点叫自家的孩子辍学经商。

冷水河静静地流淌着，日子便一天天地这么过着。陈家东村的人见到西村的人便很真诚地说："你们西村好哇，有使不完的钱，可以任意地花，不像我们，供个学生也挣个半死。"西村的人却摆手，极真切地说："你们东村好哇，年年出状元郎，这以后有的是荣华富贵，我们西村人咋能相比呢？"两边的人说得都很真诚，彼此的眼里充满了羡慕。

不经意地，几年又过去了。陈家东村依旧贫困依旧年年出大学生，陈家西村依旧年年出商人依旧富裕。跟前些年不同的是，东村的孩子打算给村里办点事情，叫东村人好早点富起来，西村的孩子正筹划着怎样让西村能出几个懂知识有文化的人物来。东村和西村都在悄然中发生着变化。

忽有一天，沉寂一年多的鞭炮声在冷水河两岸的村子里同时响起。原来，东村放鞭是为了庆贺村里第一个集体工厂建成，西村放鞭是为了庆祝村里第一所中学落成。

乡长知道了这事之后，想说什么却什么也没说。沉悟半天后，在工作备忘录上写下一行字："河东河西、河西河东……"。在他的心中，一个发展全乡的计划正初步形成。

1．面对陈家西村和陈家东村的差别，村里人是什么态度？结合文章内容概括。

2．乡长在工作备忘录上写的一行字是什么意思？试结合文章内容分析。

3．这篇文章告诉我们什么道理？

4．试着从乡长角度，设计一个全乡的发展计划，为文章续写一个结尾。

参考答案：

1．①怪怨，西村人嫌自己村的孩子脑子太笨，东村人差点让自己村的孩子辍学经商。②羡慕。西村羡慕东村年年出状元，东村羡慕西村有使不完的钱。③筹划打算。东村的孩子想办法让自己村早点富起来，西村的孩子想办法让自己村出几个懂知识有文化的人。④高兴庆祝。东村庆祝村里第一个集体工厂建成，西村庆祝村里第一所中学落成。

2．意思是河东和河西只是地理上的概念，不应该将两者截然分开，整个村子应该均衡发展。

3．村子应该着眼于整体的发展，均衡发展，让先进的方面带动落后的方面，这样互帮互助，互相学习才能达到共同发展。我们也要善于学习别人的长处，光怪怨和羡慕是无济于事的。

4. 答案不唯一，言之成理即可。比如：乡长为乡村修桥，让西村和东村的交流更加频繁，村子的两部分发展更加均衡。

年旱

天还麻麻亮时，早起的农人便心急地朝东边张望，天际透出几道微微的红光。又是个大晴天，农人在心里忍不住犯愁，持续四个多月的干旱还得继续，这老天爷该不是瞎了眼？自割完稻子开始，天就晴得异常，三四十度的高温打一登场就没有歇过，到现在田里还是硬生生的稻子茬，挖土二尺也不见湿气。

方圆几百里都不见有雨的迹象，地焦得直冒烟，连草也长得十分单薄，埂头出奇的干净。老梧桐树没精打采地坠着叶片，片片写满厚厚的灰尘。偶尔有过往的飞鸟，也懒得叫一下。四周一片寂然，大自然迷迷瞪瞪的睡着了一般。

只有谁家不知倦的小公鸡，跳跃在稀松的藤下，想觅几条小虫儿，努力了大半天，失望地啄了几下地，悻悻而走。狗张大嘴巴，蹲在荫凉处，伸长舌头，大口大口地吐着热气。好不容易歇过劲来，又不知深浅地对着太阳狂吠不止，直到累得热汗淋漓。

一堵围墙里，高高低低地长着些橘子树，鸟蛋大的果子涩涩地挂在枝头。穿红裤头的孩子看看四下没人，猴样灵巧地蹿入果园，急急地摘下一个大的，又匆匆地返回。走到无人处，掏出来擦干净，大口一咬，硬硬的缺少果汁，皱着眉头嚼了几口，也没嚼出个味道来，一咧嘴吐了，一扬手把果子扔了。

古老的村落里，一眼不深的水井旁排满了水桶，一个辘辘上下不停地咿呀着吊水。今年的水浊了许多，村民们边抱怨边飞快地把水往家里挑，走不出十米，胸前背后的汗衫就湿出一大片。白发苍苍的老村主任叼着根没装烟叶的烟嘴，痴痴地想，明天要叫上几个壮小伙，把井往深处掏掏，不然今年就够呛了。

一道窄长的柏油路，被日头晒得软乎乎的，亮着黑色的光。线路上净生生的，惹得巡道员老说，今年少干活还成绩大，沾了天的光。山脚下转弯处的道房里，值班人员开着门窗，坐也不是，躺也不是，处处都热，只好死命地往脸盆里扎，洗了一遍又一遍。司机待在蒸笼似的车头里，浑身上下湿透了，像从水里捞出来的一样。站台上，等车的旅客看看天，舔舔唇，才一会儿，就有油亮的汗渗出。

孩子永远是快乐的。他们在树下玩着拔草根的游戏，跑遍周围几十米地找来一大堆草根，互相比试着，看谁的眼力好，挑的草根壮。冷不防，有个孩子叫了声："下雨了！"其他孩子看看白花花的日头，说那孩子在骗人。只有那孩子呆呆地望着树上，又有几滴液体落下，掉在他的脸上。小手一摸湿湿的，稀稀的，凑在眼前一看，原来是虫子在树上尿了。这孩子也不恼，反而更加痴呆地想：如果真有老天爷的话，那老天爷的尿就该是雨了吧。孩子很为自己的念头高兴，看看天上的云在动，以为云看透了自己的心思，便想托云儿告诉老天爷好好尿一脬。

起风了！最先感觉到的是在山上干活的人，他们看见树叶动了，纷纷逃命似的往高处跑，想享受一下大自然的清凉。风是一点点大了，猛地一片落叶下去，砸起一团尘埃，向天空直刺而上。人们欣喜地看到云一点点地厚了，喉咙动了几动也没敢喊出来，生怕吓跑了好不容易堆起来的阴云。就这么眼巴巴地看云来云厚，又眼巴巴地看云淡云去。人们这才知道，老天爷又和人开了个大玩笑。可有人说，这是大雨前的预兆。

人们极富耐心地等着吃过晚饭，又等着看完新闻联播，终于等到天气预报节目。预报员说，今年的干旱是新中国成立以来最大最长的一次，预计明后两天的天气仍以晴好为主。

1．文章从哪几个方面为我们描绘年旱的景象？

2．文章倒数第二段写起风了的作用是什么？

3．请从修辞的角度赏析句子。

老梧桐树没精打采地坠着叶片，片片写满厚厚的灰尘。偶尔有过往的飞鸟，也懒得叫一下。四周一片寂然，大自然迷迷瞪瞪的睡着了一般。

4．说说文章这样结尾的妙处。

参考答案：

1．①硬生生的稻子茬下，挖土二尺也不见湿气；②地焦得冒烟，草也长得十分稀薄；③小公鸡啄不到虫，狗张大嘴巴，吐着热气；④果园果子缺少水分；⑤不深的水井旁排满了水桶；⑥柏油路晒得软乎乎的，亮着沥青的光。

2．写出了起风以后人们的欣喜，和后文云淡云去人们的失望形成了强烈的反差，增强了文章的波澜，写出了人们对雨的渴望。结构：承上——承接上文“托云儿告诉老天爷好好尿一脬”；启下——开启下文人们耐心地等待天气预报，等待降雨的时间。

3．拟人。“没精打采”赋予老树以人的情态，生动形象地写出了老梧桐树被晒蔫的样子，使文章更加生动、细腻，给人留下深刻印象。比喻：把没有生机的大自然比作“迷迷瞪瞪的睡着了一般”，生动形象地写出了大自然干旱的样子，表达了人们面对干旱无可奈何之情。

4．一方面写人们极富耐心吃过晚饭等着看天气预报，另一方面又说明后两天仍以晴好为主，这种开放式结尾能引起读者的联想和思考。

寻找越南文版《白鹿原》

从微信中得知陈忠实先生谢世的消息后，妻子第一时间就告诉我：陈老师走了。当时，我们全家正在万里之外的阿联酋，领略这个一半是海水一半是沙漠国家的独特风情。我当即就抱歉地对妻子和儿子说：我要一个人静一静。

面对蔚蓝色的波斯大海湾，我默默地坐了一个上午，又默默地坐了一个下午，满脑子都是那张遍布黄土沟壑浮雕般的脸。我总觉着，先生没有走。

那天，我去西安南郊先生工作室聊天。不知怎的，扯到了中国文学世界传播的话题。我说，大凡世界级的文学名著，大抵上都有在全球范围广泛传播的经历。这个传播过程中，作品因能给世界读者以精神鼓励、智慧启示和情感抚慰而活得更长久。《白鹿原》面世这么多年，却一直没有世界上使用最广泛语言英语的出版物，这不能不说是一个遗憾！

先生当时狠劲儿地抽了口雪茄，直截了当地回应：“问题出在我身上。”据先生回忆，早在2000年前后，法国一家出版社来找他，要出版法文版。临签约时，法方说还想出别的语言版本，要将其他外语版一并签出。“我想，人家把咱的书翻译到其他国家，是好事，也没往深处细想，稀里糊涂就签了字。”2012年出版的《白鹿原》法文版，成为继日文、韩文和越南文版之后小说的第四个外文版。先生告诉我，这十多年来，“至少有六七拨人来谈过出英文版的事”，美国一家大出版社还派人到北京，找到中国作协和人民文学出版社，甚至还来西安找到他，想取得英文版的授权，“但，因为有和法国签的那个合同在”，出英文版的事就搁下了。

听完这些，我很愤然：这事，也不能怪先生。毕竟，一个作家不可能是精通知识产权的律师。直觉告诉我，这个洋合同是郁结在先生心头的一种隐痛。征得先生同意，我后来写了篇《当心洋合同暗算中国作家》公开披露此事，为中国作家维权鼓与呼。所幸，此事得到了中国作协的重视。

那一天，先生还兴致很高地讲了越南文版的事。20世纪末的某天，经朋友推荐，一位在越南留学的中国青年来见先生，说越南有读者想出版越南文版，不知先生是否有意。得到先生的应允后，不久一位越南老太太便飞到西安，如愿拿到了先生的授权。

大概两三年后，再次碰到那个留学生，先生才知道越南文版《白鹿原》已由舰港出版社出版，并在越南大小书店上架销售。于是，先生就出了机票等费用，委托该留学生捎本样书。先生说，当时想的不周全，那个学生娃也老实，只捎回来一本越南文版《白鹿原》。陈忠实文学馆在白鹿原落成后，这部上下两册的越南文版，就以展品形式“定居”其中。结果是，“我手头也没得越南文版，有时想翻一下都不能……”。

听到这里，我便接话：可以托人来找一本越南文版《白鹿原》。那一刻，先生眼里流出一缕明亮的神光。

我没有料到的是，寻找越南文版《白鹿原》会那么艰难——

考虑到越南从地理上距离中国广西最近，我便委托文友北海文联的董晓燕主席代为寻找。大约两三个月后，董来电说：先委托几家旅行社的导游去越南找，但没有找到；后来，又委托北海驻越南办事处的朋友找，还是没有找到。

于是，我便发动其他去越南办事的文朋诗友代为寻找。接连找了几个月，依然没有结果。

没有办法，我去母校陕西师大求救。汉学院院办的张丽老师告诉我，正好有河内大学的教师在师大留学，而且其家人在政府部门工作，可以委托其寒假时代劳。

在绿意盎然的师大校园，我急切地把这消息告诉先生。为确保落实，我还当即提醒先生，最好能将越南文版书的封面和版权页各复印一份，以备河内大学老师带回去比照之用。很快，先生安排陈忠实文学馆的工作人员照办。不久，又通知我到陕西作协杨毅处去取复印件。

我想，这回总该能为先生找到一本越南文版的《白鹿原》了吧。

2013 年 3 月中旬的一天，我接到张丽的电话：“真抱歉，还是没找到。”同时，她还告诉我一个出人意料的真相：河内大学的这位老师找遍河内大小书店没有发现目标，就专程跑到舰港去寻找，依然没有结果，最后动用家人在政府部门的人脉，还真的查找到了舰港出版社的相关记录资料。资料显示，舰港出版社是私人在1999年出资注册的，该社在只出版了一本越南文版的《白鹿原》后，就自行宣告破产了。遗憾的是，当时所留电话打不通，注册办公地也已易主。

我立即联系先生，告诉他所获得的最新信息。

我推测，舰港出版社的申请注册人，应该就是取得授权的越南老太太。如果这个推测是真的话，那么这个越南老太太实在太可爱、太伟大了。为用家乡的语言来传播自己喜爱的中国小说，她以一个读者的虔诚和力量，将50万汉字的《白鹿原》翻译成越南文，还成立出版社斥资印刷出版。这样的事情，在世界文学史和出版史上也是罕见的。

虽然帮助先生寻找越南文版《白鹿原》未遂，但却证明了《白鹿原》是跨越国界的优秀作品。

想起这段未竟的往事，念及先生给予我的诸多帮助，诸多人生感慨和遗憾郁结心头，一时间竟难以呼吸。突然，想到白嘉轩在朱先生谢世后喊出的那句悲叫："白鹿原最好的一个先生谢世了……世上再也出不了这样好的先生了！"

面对蔚蓝的波斯大海湾，我默默地看沉落的夕阳一点点地将余晖洒向大海深处，满脑子都是那张遍布黄土沟壑浮雕般的脸，我总觉着，先生没有走。

1. 文章的中心事件是作者寻找越南文版《白鹿原》的事情，为什么要写和法国签合同的事？

2. 文章中"我"的作用是什么？

3. 文章运用了照应的手法，请找出两处抄写下来。

4. "我"在找越南文版《白鹿原》期间经历了哪些挫折？

请分点概括。

5．请从描写的角度赏析句子。

那一刻，先生眼里流出一缕明亮的神光。

参考答案：

1．拿法国人暗算中国作家和越南老太太用读者的虔诚翻译《白鹿原》并成立出版社斥资印刷出版进行对比，表现出越南老太太人格的高尚、精神的伟大。

2．①线索作用，推动故事情节发展；②烘托陈忠实先生的忠厚、平和，能更好地塑造人物形象。

3．开头第二段“面对蔚蓝色的波斯大海湾，我默默地坐了一个上午，又默默地坐了一个下午，满脑子都是那张遍布黄土沟壑浮雕般的脸。我总觉着，先生没有走。”和结尾段“面对蔚蓝的波斯大海湾，我默默地看沉落的夕阳一点点地将余晖洒向大海深处，满脑子都是那张遍布黄土沟壑浮雕般的脸。我总觉着，先生没有走。”照应。

4．①托北海的文联主席找；②托北海驻越南办事处的朋友找；③托去越南办事的文朋书友找；④托在师大留学的河内大学的教师找；⑤河内大学的教师几经周折找到授权的出版社。

5．神态描写，细腻地刻画了陈忠实先生眼睛一亮的神态，写出了先生听“我”说托人能找到越南文版《白鹿原》后的欣喜。

幽默是一种生活态度

昨日的西安，淅沥地滴着秋雨。从北京传来令人悲痛的消息：漫画名家方成老师不幸去世，享年100岁。这是中国当代漫画界的一大损失，我们从此失去一位泰斗级漫画大师。

17年前秋季的一天，我曾有幸专访了方成先生，见识了先生的睿智和幽默。我记得，那天接到陕西省漫画学会李乃良老师“方成到西安了”的消息后，我和漫画家王进城第一时间赶到酒店。一见面，我们就跟李老师开玩笑：“一接您电话，我们是招之即来。”没想到，坐在沙发上的方成先生接话作答：“给你们打完电话，我们是挥之不去。”几秒钟的一愣神后，我们才意识到方成先生是这般的幽默和机敏，简直是出口成趣。

那天先生兴致很高，笑容满面地给我们介绍：漫画是一门将幽默语言用画表现出来的艺术。幽默也是漫画艺术的生命。漫画因兼有文字和绘画的特性，所以语言简洁、形象生动、表现力强。他认为，一个漫画家要有“三个家的本领”，即漫画家要集作家的洞察力、艺术家的技巧和讽刺家的幽默于一体，能让人在轻松娱乐中得到美感和启发。

操着熟练的北京口音，先生解释说，幽默是智慧的火花，这火花其实是一种“逆应”。有的话，不能直接说，又憋不住，于是就想办法找个空子，转弯抹角地说出来，就会平添许多乐趣。有些时候，人有不便说出的话，总会用“逗笑”的话来搪塞，这就是幽默。幽默的根子，是人天性中带来的，天下哪个不“爱玩儿”？

在随后的交谈中，先生的幽默像爆竹筒那样不时冒出。我问先生的幽默感是从哪里来的，先生笑着作答：“像锻炼身体一样锻炼出来的。”他说，幽默其实是一种生活态度，每个人都可以培养出幽默感。只要多看书，常开玩笑地锻炼下去，人们的幽默感就会越来越多。先生说他没事时，最爱读鲁迅、钱钟书、老舍三位作家的书，因为他们的书中充满了幽默的智慧。

我问先生：为什么现在的孩子都喜爱卡通画，却不太爱漫画？先生身子向后一靠，仰起头来，认真地说：卡通画是传统连环画的变异，一般用数十幅或者更多的画面来讲述一个故事，单幅的卡通画只是其中的一个情节。而漫画却是用少得可怜的情节来表现一个完整的故事。漫画发展到今天，也只是形成了单幅漫画、四格漫画、连环漫画等几种形式。因为漫画是先有故事的，所以漫画天生带有寓意的基因。这也决定了漫画的两大艺术特性：一是有语言功能，可做评议；二是有谐趣性，是滑稽、幽默或讽刺性的画。

我又问先生：在各类语文试题中，经常会出现以漫画为材料的写作题，您有这方面的绝招吗？先生笑了一下，坦率地说：绝招是没有的，因为我不是语文老师。但是，我可以从一个漫画家的角度，谈谈我的理解。漫画以谐趣性著称于世，许多学生常常看不出漫画的谐趣性，也就是说，他们没有读懂漫画的寓意。当然，要读懂漫画作者用线条表达的语言含义，也是一件有难度的事情。因为，一幅漫画的寓意，可能是多方面的。所以，对考生来说，最关键的是，要在有限的时间内抓住最主要的寓意，也就是抓住看图作文的牛鼻子。读漫画时，性子不能急，不能像吃西瓜那样呼噜呼噜地吃，要像品人参果那样一点一点地尝，那样会越嚼越有味。孩子们可以先看懂漫画的直观意思，然后抓住寓意联系生活来写。此外，还要在平时多留意那些构思奇巧、别出心裁的事物，多观察、多思考，因为灵感往往就是从这些小地方中出来的。

愉快的时间总是过得很快，起身告别时，才意识到不知不觉谈了快两小时了，可还觉得有很多话要跟先生谈。先生也余兴未减，我们相约后会有期，继续谈论漫画话题。

没想到，这简短的一面后，我再也无缘见到先生了。如今，那个幽默的老人走了，我只有面对北京方向，在心底默默地为他祈祷。在没有先生的日子里，我会读他的书，看他的画，想他的人，以此来怀念他。并且，像他那样，抱定幽默的态度，好好生活。

1. 从文章中，我们能看出方成老师的哪些精神品质？

2. 请从修辞的角度赏析句子。

在随后的交谈中，先生的幽默像爆竹筒那样不时冒出。

3. 为什么说“幽默是一种生活态度”？

4. 从方成老师的诠释中，你认为什么是漫画？

参考答案：

1. ①生活中随处可见的幽默和机敏，出口成趣；②专业能力强，深入浅出地解释了对漫画的认识；③待人随和、热情。

2. 比喻，把先生的幽默比作爆竹筒，生动形象地写出了先生的幽默多，而且给人出其不意、惊喜不断的感受。

3. ①漫画中的幽默，能让人在轻松娱乐中得到美感和启发；②生活中的幽默，能让人在与别人的交往中感到快乐，也能让人更好地面对生活中的困难。

4. 漫画是用少得可怜的情节来表现一个完整的故事，并且天生带有寓意的基因，可以通过语言功能评议，也因为有谐趣性，是滑稽、幽默或讽刺性的画，在鉴赏时要抓住寓意联系生活。

镜子

他跳下自行车，快步跑进政治学院幼儿园的大门后，扭头对我说："回去回去，你回去。"这个小小的人儿，言语中透出让人意外的坚持。

一扇铁栅栏门，隔开了他和我。我看见他奔跑着，和好朋友说笑着跑过操场，拐进楼里去了。我定定地扶着车子，僵在这个散发雾霾的冬日清晨。看不到他的那一瞬间，那股隐隐的挫败和失落感再次击中了我。

前几天，他一直感冒，还在家打了 4 天的吊针。今天感觉身体好了，就要去上学。出门时，我说陪他去班上，把情况跟老师说说。他说："不好，我要自己去跟老师说。"

他才 5 岁 1 个月零 8 天，他能行吗？虽然他从 2 岁多就开始过集体生活了，一直是自己吃饭、穿衣服、上厕所、擦屁屁的，早就是幼儿园里年轻的"老资格"了，但，我还是忐忑着，放心不下。

他是我的孩子。我知道，他想展示自己，这并不是第一次。

去年暑假，带他回爷爷家，参观菜地时，他跑来跑去问这问那，兴奋得像只蝴蝶，回来后就很有主见地说：“我也要种菜，种没有污染的菜吃。”我忍住笑，问：“咱们这都是楼房，你种哪儿呢？”小家伙严肃地说：“种花盆里，那土好。”我说：“现在是夏天，并不是播种的季节。”他不和我说话了，只是和尚念经般唠叨：“我要种菜。”弄得人没办法，最后只好成全他，把花盆里的花请出来，把大蒜一个个地埋进去。

还有一次，我们逛完大雁塔，好不容易挤上610路公交车。那天车上人很多，感觉把空气挤得都有些闷了。车到长安立交站时，旁边位子上的人下车了，他一屁股坐上连声说：“今天运气不错！”车到省体育场时，一个黑皮肤的大个子老外背着重重的旅行包上来，拿着张地图在车的摇晃中问人：火车站还远吗？他看见了，几步走到老外的身后，拉了拉旅行包，又用力地拉了几下：“Hello! Hello!”老外回头，很莫名地看着他。他笑着指着空座位：“Here! Here!”

平安夜那天，他的画作在一个比赛中得了金奖。作为事先约定的奖励，我带他去商场买鞋。我想给他买双蓝色或灰色的，他却指着一双红黄绿相间的鞋子：“我要那双。”喜滋滋地穿上后，把商场当成T台，模特样走起了猫步，还做着圣诞老人的动作，逗得营业员乐不可支：“这孩子，太可爱了。”听到表扬，他把我手一拉，扬起脸，眉毛向上一抖：“看，我眼光不错吧！”在那一瞬间，一股隐隐的挫败和失落感爬上我柔软的心灵，久久难散……

我双手扶着车子，讪讪地站在幼儿园的铁栅栏门外，向楼拐角处望。其实，他早就不在那里了。门卫见状，问我要不要把车子锁了，上楼去班里看看。我有些难为情地笑笑，说不用了。推车子往回走时，我想：他是我的一面镜子，能照出我日渐远去的成长的影子。

我小时候也这样子吗？也一定有过很多这样的历程吧。

在父母的担忧中，我也独立做过吃饭喝汤、穿衣脱裤、大便小便之类的事；我还在父母不知情时，偷偷摘过别人家的桑葚，小心地在波罗蜜里加一点盐，悄悄在蜂窝煤球上用粉笔画记号，等等……总之，我小时候做过好多好多自认为该做的事。也许，这一连串的事情，就是我成长中一个接一个的梦想吧。心中有梦，梦想的光芒便会照进现实，并成为成长不竭的原动力。

走在冬日清晨的西安街头，我的心田一片宁静和澄明。每个孩子，都是一面镜子，都能映射出一个时代的梦想。父亲那个时代的梦，是新中国站起来的梦；我那个时代的梦，是改革开放富起来的梦；现在，他的梦，是新世纪强起来的梦。我想，别太顾虑了，大胆放手，让孩子去展示自己，并在一连串的展示中实现他的梦想吧。

因为，孩子的路要靠他自己去一步步走。

因为，孩子的梦想要靠他自己去努力实现。

1. 文章写了孩子的哪几件事情？请分点概括。

2. 概括文章中“我”的心理变化过程。

3. 如何理解“他是我的一面镜子，能照出我日渐远去的成长的影子。”这句话的含义。

4. 文章用了倒叙的手法，说说这样写的好处。

参考答案：

1. ①病好后去幼儿园，不让“我”进班，他自己跟老师说明情况；②执意要种菜；③给黑人老外让座；④比赛得金奖后去商场买鞋，试穿时像走T台。

2. ①隐隐的挫败和失落；②忐忑，放心不下；③讪讪；④难为情；⑤静宁和澄明。

3. 从孩子身上，“我”能看到自己小时候的种种行为和思想，由此生发感慨：放手让孩子去展示自己，在展示中实现梦想。

4. ①制造悬念，激发读者的阅读兴趣，使读者对发生在孩子身上的几件事和孩子的性格印象更为深刻；②引出下文对孩子先前事的回忆；③使文章结构更加紧凑。

矿工一家

前边是沟，沟下流着矿上澡堂的废水；后面是山，山上长着黑绿的椒树，小瓦房便修在半山腰上。虽然缺少人文景观，却也建得依山傍水，清晨开门放朝阳进来，黄昏合窗送夕阳归去，很有些古朴、幽雅的味道。房前有条尺把宽的土路，绳子样系着瓦房与沟外，起伏陡峭处刨了些坑窝子，像远古结绳记事打下的结，小路随之一波三折。房子自然不是公家的楼房，是个人挖土方夯地基、一块砖半片瓦地盖起来的砖木房。谈不上什么坚固，随天气变化有时也飘进些风、打入点雨什么的，但主人却住得舒坦。

男人是矿上的矿工，女人是去年办农转非落户转来的。没事时，男人把水缸挑满、柴火劈细、煤块砸好之后便躺在床上吸烟；女人看时间距儿子放学还早，就坐下做起针线活儿。女人没有工作，把男人看得山一般高大，一家三口全凭男人日夜下井挣钱过日子。月月开支后，还需寄些钱给老家，剩下不多的，就得算计着用，因此家境也一般。但，他们却过得滋润快活，儿子放学、男人下班，小屋里盈满亲情，漏再大的雨，进再大的风，也不在乎。

男人评上了先进，矿上奖励电子石英钟一个。不知何故，那钟老走不准。尽管时间不准，女人却掌握得准确：上午太阳照到墙中央时生火做饭，饭煮熟后儿子正放学；下午太阳走到屋角时捅炉子熬稀饭，菜炒好不出十分钟男人便下班。也有不准的时候，做完饭女人望着墙上的全家福傻傻地乱想：寻下这么能干的男人，生下这么聪明的儿子，这日子真美呀！正想得发呆，不提防男人悄一进门至身后一把抱住她，女人嘴里说着：我都老了，你咋还这么坏；又说儿子快放学了，改天吧，心里却乐滋滋如灌了蜜。

碰上男人工作忙回不来，女人便提着保温桶去送饭。打开盖子，头层是切得均细的菜：红的柿子、黄的鸡蛋、绿的豆角，汇成了安全岛上的信号灯。工友们见了都夸嫂子心细，连吃饭也不忘向大哥提醒要安全生产。中间是两个又暄又白的馍馍；下层是清凉败火的绿豆汤。小小的保温桶盛满了女人浓浓的情，男人吃得香，干活有劲，月月领的奖金比别人高出一大截。

一天，儿子回来都做完功课了，还不见男人升井回来，女人便牵着儿子去寻，心急地见人便问，见娃他爸了吗？正问着，便看见男人疾步走来。原来，是矿上开会传达上头文件哩，说什么要减人提效、下岗分流的事情。女人认真听，却听了个半懂，心一下慌了：没活干，日子咋过？男人解释说，下岗是改革的大局，下岗后矿上还有再就业中心帮助找活干的。女人叮嘱男人在班里少说话、多干活，千万不敢招惹谁，不然没活干，一家三口喝风去呀。又拉紧儿子的手，教育他一定得好好学习，看你爸妈文化低，日子过得多难！

吃罢饭看电视，儿子自然爱看他的动画片，男人和女人多是听听新闻，知晓一下天下大事。基本上，每晚八点关电视，怕影响孩子休息。儿子尽管小，却是全家的未来和希望，不关心未来，不关心希望，还关心啥去？间或停了电，一家人便围在炕头闲聊。妈妈问儿子，今天在学校学了点啥？儿子考爸爸，树上有五只猴，猎人打下一只还剩几只？考罢之后，儿子便唱从学校里学来的歌："春风吹，阳光照，红领巾，胸前飘……"唱得不那么准，却认真投入、稚气感人。唱完便要爸爸来，男人搂住儿子躺着唱草原牧歌，唱不了几句便感染得女人也应和着，儿子乐得骑在男人身上，小脑瓜儿里想的是"蓝蓝的天上白云飘"。

半截蜡烛在窗棂上一跳一伏，叠映着的全是欢笑。

也有烦恼的时候。矿上效益不好，工资老是拖欠，男人心里上火，一天到晚老黑着苦脸。女人宽心说，不好是大家不好，又不是咱一户，有米有面有吃的就行了。男人听了便嚷嚷：娃要上学，你要添衣，老家还有老人，没钱日子咋过？女人便不言语了。儿子懂事地说，从明早起不再吃豆馅饼了，在家吃块馍就行了。感动得男人说，苦还不到那地步，不行工休了去学点手艺。女人眼酸地劝儿子，你还小，正长个咧，爸妈想办法挣钱就是了，哪个要你省？一场风雨瞬息消没。没几天，女人便在矿上澡堂门口摆了个小摊，卖些香烟瓜子洗发水搓澡巾之类的小玩意儿。

矿区评选文明家庭，区队里推荐了这家人。参评的人很多，评选条件又细，工会的小伙便想了怪招：上班时找到男人说，嫂子看上矿上谁谁了，卖东西都不收钱。男人听了不恼，说你嫂子的心我懂，她是世上最好的人。碰了一鼻子灰后，便跑到女人跟前说，你儿子在校调皮捣蛋，总是被老师训！女人笑了，自个儿的娃当娘的知道，世上最好的娃要数他了。末了，又在放学路上拦住儿子问，你爸妈好不好？儿子稚气十足地响亮作答：爸爸妈妈是世界上最好的爸爸妈妈。

世界上三个最好的人，组成了一个世界上最好的家庭。

1. 第一段写矿工一家生活的自然环境有什么作用？

2. 请从修辞角度赏析句子。

小小的保温桶盛满了女人浓浓的情，男人吃得香，干活有劲，月月领的奖金比别人高出一大截。

3. 结合文章，概括女人的形象。

4. 为什么文章结尾说“世界上三个最好的人”？

参考答案：

1. ①勾画出矿工一家居住的环境特点；②衬托矿工一家的清贫生活；③衬托矿工一家安贫乐道的精神品质；④为下文矿工面临下岗和矿场效益不好时女人摆摊贴补家用做铺垫，推动情节发展。

2. 比喻。把保温桶里装的女人给男人做的饭菜比作女人对丈夫的爱，生动形象地写出了女人温柔、贤惠的特点，也表达了作者对女人的赞许。

3. ①安贫乐道；②热爱生活；③勤劳善良；④信任丈夫和儿子。

4. 这种“最好”不是外表的美丽、生活的富裕，而是说矿工一家对生活的态度，一家三口互相信任，遇到困难互相勉励，生活拮据时想办法解决，这种安贫乐道、乐观向上的态度是值得我们赞许和学习的，所以是“最好”。

华山观日出

夜里十一点多，我们从北峰开始向东峰朝阳台缓行。许是夜色保护的缘故吧，爬上那段闻名天下的苍龙岭，我也没觉着有多惊险。但到了云梯前，四周黑压压的站满了游人，待排队轮到时，定睛向下瞅了眼四周黑乎乎的悬崖，心一下子提到了嗓子眼。紧咬牙关、紧拉铁链、紧蹬坑窝，静神缓气着总算爬上来了。人是上了山，但腿肚子还在颤。

小小的朝阳台上，挤严了观日出的人们，夜风吹着响哨，从松涛林海中呼啸而来，有准备的人连忙拧开小瓶装的二锅头，咕咚咕咚猛灌几大口。好容易才从人群的缝隙中觅得一点可以容身的空地，一伙同行者遂大喜团坐。不曾想，一坐下就焊住了，再也没法移动了，人与人拥挤着，把小小的朝阳台盖了个满，连针也难插进。不多久，发困的腿脚在喊难受，血仿佛凝固成块不再流动了，只好下意识地捶捶大腿，不敢入睡，却闭目蓄神听山风的呼叫。

不期，有人喊：“太阳出来了！”全台的人都动了，哗哗啦啦一阵乱响后，所有的人齐刷刷地面东而望，依旧是黑乎乎的夜。大呼上当再坐下，才发觉有限的位子愈发可怜了。反应快的人大叫中计了，被人声东击西抢去了宝座，惹得笑声满山充盈开去。看表，才夜里三点多。“太阳最早也得五点才能出来呢！”旁边简易帐篷中租大衣的小伙，以权威的口气十分肯定地说。经过这番折腾，夜幕中的朝阳台活了。尽管，人们依旧蜷缩着，或蹲或坐挤在一起，但却兴致勃勃地交流起心目中日出时的壮观场景来。

未到五点时，有人开始向东移动，寻找观日的最佳位置，后来越来越多的人拥着挤着面东而去。“不敢挤了，铁链子都进到我的肠子里了。”前排的人被挤得无奈，幽默地高喊。但这次呼喊却无人响应，人们定定地盯着东方那片黑暗，似乎有些许的亮在动，又不很分明。人们屏息张望，静得可以听见自个儿的心跳。不知过了多长时间，在双腿发麻、精神发怵时，忽然地平线上喷出了少而又少的霞光，渐渐地大了，成为条状的云霞，在黑的背景上发着淡青的，又似橙黄的，还像橘红或绀紫色的光，极慢地，一点一点地长起来，好像有意和苦等的人开玩笑。

持续了十多分钟后，那光带又成了红色的云条，不，更像一片红色的海洋。“那是东海呀！”有人说，“我在泰山看日出，也看见过东海的。”暗红色的光极争气地在亮着生长，悄然向上舒展筋骨，默然地远离着夜空，映得东方一片红光，尽管下面还是无边的黑夜。不大一会儿，也许只有一两分钟，淡蓝的晨光便幻化成了亮蓝的光晕，丝丝缕缕地向外伸张着。正在这时，猛地从云霞中透出道道金色的光线，纤细如手心的脉纹，金光后隐约着有团橙红的大圆在努力地抗争着，极艰难又极顽强地抗争着。

飞快地，有一道光箭般射出，继而又有许多光条纷纷辉映着熔亮的圆，发出火的光芒。在云海涌动相互撞击之中，太阳如啄破壳的幼鸡样一下子脱颖而出。须臾间，整个朝阳台被团祥红包围，我看见同伴的脸是红的，身影是红的，连铁链也红着荡出吉祥来。很快，那些光条消散了，大片大片耀人眼目的光，堂而皇之地簇拥着好不容易也鲜艳无比的朝阳在东方笑了，像孩子幸福的笑脸那般动人。

“真是的，爬了一夜的山路，日出却这么的快。”同伴边抱怨边自我安慰，“壮观中孕育着苦难，苦难中又深藏着战胜自然后的大欢喜。”“对呀，对呀。”我赞许着，心想这一夜山路没白爬，这一夜苦等没白费。这么想着，一夜的疲劳早就没影了。

1. 请说说下面句子中加点字的含义。

不曾想，一坐下就焊住了，再也没法移动了，人与人拥挤着，把小小的朝阳台盖了个满，连针也难插进。

2. 请从修辞的角度赏析句子。

在云海涌动相互撞击之中，太阳如啄破壳的幼鸡样一下子脱颖而出。

3. 请概括日出的经过。

4. 我们在华山观看日出后得到了什么启示？

参考答案：

1. “焊”原本指用熔化的金属把金属工件连接起来，或用熔化的金属修补金属器物。这里指因为人太多，坐下之后就没有办法移动的样子，表现了我们团座在一起，等待看日出时焦急却又极力保持镇静的样子。

2. 比喻。把太阳升起比作啄破壳的幼鸡，生动形象地写出了太阳突然升起的形态，表达了作者对日出景观的喜爱之情。

3. ①地平线喷出少而又少的霞光，后成条状云霞；②暗红色的光在生长；③淡蓝色的晨光幻化成蓝色的光晕向外伸张；④橙红色的大圆努力抗争；⑤太阳脱颖而出。

4. 壮观孕育着苦难，苦难又深藏着战胜自然后的大欢喜。

涛声

在人文始祖像前续上三炷香，燃着两只烛，将头响叩三下后，我开始向桥山上的黄帝陵靠近。

司马迁在《史记》中说，黄帝骑龙升天成仙，遗于世唯有衣冠。所以，黄帝陵其实是衣冠冢。但华夏儿女心目中的黄帝却不仅仅是那些衣冠，更是一位知己知彼的军事家，是掌击猛熊的力士，是结束争乱的圣明。爬行在静谧的柏坡，阳光从扁叶的隙缝间踩上一个又一个、大小不一却无比俏皮的脚印。身后的喧嚣渐走渐远，山的宁静一步步地浓重，静穆之气从口中、从鼻间侵入骨髓，这样的气氛很利于人的静心幽思。这静柏山上供的是携揣黄帝气息的衣冠，是有灵性的。不愿去惊扰那千古长眠的清梦，我信步穿行在这柏浪尖间。很是奇怪，这片柏的海洋是怎么生在陕北黄土高原的？为什么桥山的四周全是荒山秃岭？置身桥山柏海，我听见山的呼吸、山的拂动、山的作答。只是，一介俗子的我，无法知晓山对我说的话。

明明是穿行在这偌大的柏林，我却固执地觉得是在无垠的海边漫步！我看见，海在起伏、跳跃着前进，巨大的潮汐裹挟着古柏的荃香味儿，和着初夏野草的清馨，似一浪绿色的雾雨，不容反抗地透进我的七窍，心早已无法自控地醉了，醉倒在这浪遏飞舟的感觉里。午后的阳光锁定苍茫的宇宙，叫人宁神静气地沉浸在晶莹欲滴的海里，无意做起童话中的龙人。

脚下那株纤草分明动了一下，是风。捉摸不定的风加快了步伐，柏树们全部做出战栗状，一株株、一行行、一片片地沿着叶尖响起肃然的涛声。劲风加快了柏涛的旋律，心也险些飞越胸腔，唯有老老实实惊诧于这海的咆哮，做这涛声不屈的奴隶。柏涛极迅速地爬上树干，没过树梢，顺过叶尖，掠过祭台，在桥山立体的海上制造出惊天动地的海啸，将无形变成有形，这当儿，万籁齐鸣，野草招摇，魁柏呼风，古钟长嘶，青龙吐音，好一段摄人心魄的古韵壮景。远望山下，沮水也似受感应，呜咽奔涌；细看身旁一株夹石柏、窸窣着在行动。刹那间，时光倒逆到蛮荒时代。

想这桥山，自民族始祖长眠后，有多少人来此祭祖，他们可曾听过这涛声？这涛声可是千百年前响过的那次吗？若非，这涛声怎会如此惊人？约半小时后，柏涛渐渐慢了。涛声，原本是古老的山向世界发出的呼号，却在风的劝引下发泄一回心中的豪气。之后，群柏静然穆立，卫士般保卫坦然长眠的始祖，只有信徒击钟的金属锐声，在高原上空久久流荡。

我长久地陷入涛的洗礼之中。不知何时，阳光的手又拨开针叶，但见一束阳光照射下的石间竟长出幼柏来。此柏见光就长，见风就大，又幻化成人，正襟危坐，神情庄严静穆，入定高僧样无悲无喜，面朝早已化作泥土的衣冠冢独自参悟。不觉间，我竟不知我是这柏树，还是这柏树是我了。

1．通读全文，说说“我”的游踪。

2．在华夏儿女心中，黄帝的形象是什么？

3．请从修辞的角度赏析句子。

捉摸不定的风加快了步伐，柏树们全部做出战栗状，一株株、一行行、一片片地沿着叶尖响起肃然的涛声。

4．文章倒数第二段联想古人祭祖听涛有何作用？

5．请说说你对结尾句“我竟不知我是这柏树，还是这柏树是我了。”的理解。

参考答案：

1．人文始祖像前—桥山上黄帝陵—穿行静柏山的柏林。

2．是知己知彼的军事家，是掌击猛熊的力士，是结束争乱的圣明。

3．①拟人。“步伐”赋予风人的特征，“战栗状”赋予柏树们人的特征，生动形象地写出了风吹柏树的情态，语言细腻，给人留下深刻的印象。②“一株株”“一行行”“一片片”三个叠词连用，形象生动，句式整齐，增强语言表达效果。

4．写出了“我”由眼前之景联想到古人祭祖听涛，并产生疑问，表达了“我”的深沉思考，加深了文章的历史厚重感。结构：承上——总结上文“我”听涛后联想古人古事；启下——引出下文“我”对柏涛的肃然起敬和深沉思考。

5．“我”在听涛过程中，达到了物我合一的境界，把自己的情感融合在柏涛之中，自己也好像是一棵柏树了，所以说“我”是这柏树，这柏树是“我”。